좀비 시대

리토피아소설선 · 04
좀비 시대

인쇄 2022.5.6 발행 2022.5.11
지은이 방서현
펴낸이 정기옥
펴낸곳 리토피아
출판등록 2006. 6. 15. 제2006-12호
주소 21315 인천 부평구 평천로255번길 13, (부평테크노파크M2) 903호
전화 032-883-5356 전송 032-891-5356
홈페이지 www.litopia21.com 전자우편 litopia999@naver.com

ISBN-978-89-6412-162-7 03810
값 14,000원

* 이 책의 판권은 지은이와 리토피아에 있습니다.
* 잘못 만들어진 책은 바꿔드립니다.

방서현 장편소설
좀비 시대

작가의 말

 어릴 때 무지개를 본 기억이 있다. 집 앞 방죽 건너에는 조그만 산이 하나 있고, 여름날 소나기가 훑고 간 그곳에 무지개가 걸려 있었다. 어여쁜 무지개였다.
 난 무지개를 보며 뛰었다. 누가 왜 뛰냐고 물으면 무지개를 잡으러 간다고 했다. 어린 꼬마인데도 난 지치지 않았다. 무지개를 잡기 위해 뛴다고 생각하니 기운이 솟고 가슴이 뛰기까지 했다.
 산 위에 올랐을 때, 무지개는 여전히 저만치 물러나 있었다. 잡지는 못하더라도 바로 코앞에 있으리라 여겼는데 저 언덕 너머에 있는 것이었다. 난 무지개를 바라보았다. 하늘에 반원을 그리며 그것은 영롱하게 펼쳐져 있다. 난 잠시도 무지개에서 눈을 떼지 못했다. 그 눈부심이란, 그 오색찬란함이란…….

 내게 있어 글은, 소설은 어릴 때 보았던 무지개와 같았다. 신비하고 환상적이며 꿈속 같고, 또한 아지랑이처럼 몽롱하고……. 그 존재만으로 벅찼기에, 세상의 손가락질을 받아

가면서도 꿋꿋이 예까지 달려올 수 있었다.

　여러모로 힘겨움을 느끼고 있을 때 따뜻한 격려와 힘을 주신 리토피아 장종권 주간님께 감사드리며, 아울러 작품에 세밀하고 정밀한 해설을 써주신 고명철 선생님께 고마운 마음을 전한다.

　하늘의 무지개가 되신 아버지께, 나의 이 첫 책을 바친다.

논산 은진미륵 아래 카페에서
2022년 따스한 날
방서현

차례

세뇌 교육 연수원　　　　　　　　　　9

악덕 지국　　　　　　　　　　　　26

이상한 사람들　　　　　　　　　　87

수아의 일기　　　　　　　　　　　146

전사가 되다　　　　　　　　　　　194

도시에 버려지다　　　　　　　　　212

해설 | **고명철**
간접고용과 중간착취, 그 디스토피아와 좀비들의 묵시록　216

세뇌 교육 연수원

1.

연수원은 산속에 위치해 있다. 아스팔트 포장으로 막힌 데 없이 뚫려 있다. 반면 길은 꽤 가파르다. 구불구불한 길이 이어지다가 오르막과 내리막이 반복돼 스릴 넘치는 곡예를 하는 듯하다.

처음에는 시골의 작은 산이겠거니 했지만 위로 올라갈수록 산의 숨은 모습이 드러났다. 부드럽고 유연한 산세에 크고 작은 바위들이 즐비하고, 조각 같은 기암괴석이 시선을 사로잡았다. 게다가 층층나무와 갈참나무, 물푸레나무 등 키 큰 나무들이 울창하다.

갑자기 비가 쏟아진다. 소나기라 하기에는 제법 거세게 쏟아지는 비다. 번개와 천둥이 치고 하늘이 까만 구름으로 뒤덮인다. 비가 내린다는 예보는커녕 조금 전까지만 해도 구름 한 점 없이 화창했다. 구불구불한 도로에 물이 줄줄 흘러

내린다. 연우는 바짝 긴장하며 윈도 브러쉬를 작동시키고 속도를 줄인다.

산 중턱에 이르자 마침내 연수원이 모습을 드러낸다. 그것은 연수원이 아니라 고급 리조트에 가깝다. 유럽풍으로 지어진 건물 외양은 사원처럼 보인다.

연우는 차에서 내린다. 약간 추웠으나 공기는 청량하다. 연수원 건물은 3개동으로 구성되어 있다. 왼편에는 숙소동이 있고 가운데는 강의동, 그리고 오른편에는 식당동이 자리하고 있다. 각 건물끼리 통로가 연결돼 이동 시 밖으로 나갈 필요가 없다.

연수원은 비에 젖었지만 후줄근해 보이지 않는다. 고요한 가운데 구슬 같은 빗방울로 운치를 더하고 있다.

연수원은 풍수에서 이상적으로 삼는 배산임수의 조건을 갖추고 있다. 연수원의 핵심 건물이라 할 수 있는 강의동의 좌향이 동동남방이며 바람의 순환 역시 플러스가 된다. 단지 부지의 조건뿐 아니라 건물 배치며 채광이며 통풍 등에서 명당이다. 따라서 심신을 수련할 수 있는 최적의 장소이다.

2.
수재교육 본사 건물에 있는 회장실. 금력을 바탕으로 취향에 맞춰 설계된 공간에는 고풍스러운 소파와 소파 테이블이 비치되어 있다. 앞쪽 진열장에는 금색으로 도금 처리한 코끼리 장식품이 있고, 강화 유리로 된 선반 위에는 상패가 전시되어 있다. 바닥과 벽 천정은 자연 친화적인 원목 자재를 사용하고, 외부 창호 부분은 우드블라인드와 루버셔터가 설치되어 있다.

회장은 풍수 신봉자다. 그래서 풍수에 맞게 자리 배정을 하고 소파와 책상을 배치했으며 천정과 벽지, 바닥 색상도 그에 맞게 장식했다. 벽 좌측에는 동양화 100호 그림을 걸고, 우측에는 서양화 60호 그림을 걸었다. 회장실 안에 있는 모든 시설물과 집기, 기타 물건들은 각기 주파수가 있으므로 좋은 기운이 있는 것만 있도록 했다.

회장은 집무 책상에 앉아 있다. 천연원목으로 된 책상에는 네모진 명패가 있다. 그 명패에는 '회장 박영평' 이라고 금박으로 새겨져 있다. 책상 위에는 노트북과 지구본이 있고, 회장은 홍보실에서 챙겨준 신문 스크랩을 본다.

> 큰사랑을 표방하는 수재교육(대표 박영평) 큰사랑 봉사단은 15일 경기도 고양에 소재한 천사 보육원을 방문하여 위문품과 성금을 전달하고, 보육원 내 대청소 및 쓰레기 수거 등 봉사활동을 실시했다.
> 수재교육 관계자는 "이번 행사는 수재인이 이웃사랑의 실천을 통하여 나눔의 사랑 분위기를 확산하고자 마련됐다"면서 "앞으로도 지역 사회와 상생하고 기업의 사회적 책임을 실천하기 위해 노력할 것"이라고 말했다.
> 수재교육 임직원과 방문교사인 수재교육 선생님들의 자발적인 참여로 구성된 큰사랑 봉사단은 어려운 이웃들을 위한 사회 공헌 활동에 앞장서고 있다.

똑똑. 회장실 문을 열고 기획실장이 들어선다. 회장은 그가 들어오거나 말거나 신문 스크랩에서 눈을 떼지 않는다.
"회장님……."
기획실장이 책상 앞에 다가와 허리를 숙인다.
"앉아."
회장은 낮은 음성으로 말한다. 기획실장이 소파 테이블에 앉자 비로소 그는 고개를 든다. 회장은 단정한 회색 정장 안에 깨끗한 흰색 셔츠를 갖춰 입고 있다.
"오늘 신입 교사들 연수원 입손가?"
"예, 회장님."
"많이들 왔어?"
"저번보다는……."
"적단 말이야?"
"예."
"앞으론 신경 좀 써! 광고도 적극 검토해 보고, 다른 방법도……."
"예, 회장님."
"연수원 교육은 잘 시키는 거야?"
"예, 잘 시키고 있습니다."
"연수원 교육을 좀더 철저하게 시켜. 중도 퇴사율이 낮게!"
"예, 회장님!"

3.
머리가 벗어진 지국장은 의자에 비스듬히 앉아 이력서를

손에 쥐고, 그 앞에는 지구장 두 명이 커피잔을 손에 들고 엉거주춤 서 있다.

"나이가 몇인가요, 지국장님?"

몸이 빼빼 마른 지구장이 묻는다.

"스물여덟이야."

지국장은 고개를 박은 채 작은 소리로 대답한다. 그는 이력서를 보다가 책상 위에 있는 컴퓨터로 눈을 준다. 컴퓨터에는 비키니를 입은 여자 사진이 화면을 가득 채우고 있다. 여자는 바다와 해변을 배경으로 포즈를 취하고 있다. 몸에 밀착되는 원피스 형태의 수영복으로 완벽한 몸매를 뽐낸다. 알 듯 모를 듯한 미소가 지국장의 입가에 번진다.

"맨 아줌마, 아저씨들만 들어왔는데 이번엔 젊은 사람이 들어와 기대 되네요. 그것도 남자라서……. 지국에 활기가 넘치겠어요."

"지국장님, 그 친구 우리 지구로 보내주세요."

옆에 몸이 뚱뚱한 지구장이 애교 섞인 목소리로 말한다.

"뭔 소리야, 우리 2지구로 와야지. 1지구엔 젊은 남자 분 있잖아?"

"삼십대 후반인데 뭘 젊어. 그리고 매달 마이너스만 하는데……."

"그건 지구장도 책임 있는 거야. 마이너스 없게 하는 게 지구장 능력 아니겠어?"

"그래서 2지구엔 교사들이 자꾸 나가냐?"

"그거랑은 다른 거지."

두 지구장이 티격태격하는 사이 지국장은 마우스에 손을 슬쩍 갖다댄다. 화면이 다시 바뀐다. 화면에는 레이싱 모델이 뜬다. 레이싱 모델은 차에 기대어 포즈를 취하고 있다. 인형 같은 외모와 쭉쭉 뻗은 몸매가 시선을 끈다. 지국장은 입맛을 다시며 군침을 삼킨다.
"교사들 관리 잘해. 나가지 않게."
"능력 없어 지 스스로 나가는 걸 내가 어떻게 해."
"실적에 신경 좀 써야겠어!"
지국장은 이력서를 책상 위에 내려놓으며 두 사람의 말을 자른다.
"오늘 사업국 가서 국장님께 깨지고 왔어. 실적이 저조하다고."
지국장은 감정을 억누르며 말한다.
"사업국에서 이번 달 우리 지국이 몇 등 한 지 알아? 꼴찌야, 꼴찌!"
"정말이예요, 지국장님?"
"내가 그럼 거짓말하겠어!"
지국장은 몸이 빼빼 마른 지구장을 노려본다.
"신입 교사가 들어오면 잘 좀 챙겨. 어느 지구로 보낼 진 아직 정하지 않았어. 내가 형편에 맞게 지구로 보낼 거야. 자기 지구 사람이 아니어도 젊은 분이니 잘 대해 줘. 그게 다 우리 지국을 위한 거니까. 오늘 입소했으니 다음 주에나 올 거야. 암튼 이 기회로 지국을 다시 바꾸어 보자구."
지국장은 두 사람에게 강한 눈빛을 보낸다. 그들은 입을 앙다물며 고개를 끄덕인다.

4.
연수원 한쪽에 있는 천연잔디 운동장. 그곳에 신입 교사들이 모여 있다. 수재교육 마크가 새겨진 유니폼을 입고서. 운동장 옆에는 우레탄이 깔린 농구장과 족구장이 있고, 또 다양하게 지압을 즐길 수 있는 족욕 시설도 갖추고 있다. 건물 앞에는 인공 연못도 있다. 그 안에 분수대가 있지만, 물이 뿜어져 나오지는 않는다.

진행자는 키가 작다. 얼굴도 작고 눈도 코도 모든 것이 다 작다. 그러나 눈빛은 살쾡이의 그것처럼 매섭다. 몸에 비해 목소리도 커 귀에 울릴 정도다. 그는 신입 교사들에게 웃음을 보이지 않는다. 웃음은커녕 엄한 표정을 짓고 있다.

"줄 똑바로 못 맞춥니까?"

진행자는 신입 교사들을 향해 소리친다.

"여기 놀러온 줄 아십니까? 여러분은 이곳에 교육 받으러 온 교육생입니다. 자신의 신분을 잊지 마시기 바랍니다!"

연우는 문득 신병 교육대가 생각난다. 몸에 잘 맞지도 않은 군복을 입은 훈련병들과 머리에 빨간 모자를 쓴 교관들이 있는 신병 교육대. 진행자는 머리에 흰 야구 모자를 눌러 쓰고 있다. 신입 교사들과 달리 노란 체육복을 입고, 손에는 나무로 된 지휘봉을 들고 있다.

"난 5박 6일간 여러분을 담당하게 될 진행자 박승대입니다. 여기에 교육 받으러 온 만큼 여러분들은 내 지시를 따라

주어야 합니다. 그래야 무사히 교육 마치고 돌아갈 수 있습니다. 행여라도 불미스런 일로 중도에 귀가하는 일이, 이번 교육생들 중에선 나오지 않길 빕니다."

　진행자는 눈을 크게 뜨고 신입 교사들을 쭉 훑어본다. 신입 교사들은 모두들 바짝 긴장해 있다. 진행자가 좀 강압적이라는 생각이 들지만 누구 하나 말 못하고 몸이 굳어 있다. 숨소리조차 내지 않는다. 연우 역시 정신이 번쩍 든다. 다른 세계에 놓인 듯한 느낌이 든다. 알 수 없는 불안과 함께 생존 본능이 꿈틀댄다.

*

　신입 교육이 진행되는 3층 강의장. 실내는 파스텔 톤이라 편안한 분위기다. 교육시설은 흠잡을 데가 없다. 모든 설비가 최신식으로 적절한 조명과 인테리어, 전자교탁, 음향 시설, 휴대폰 충전 공간 등이 완비돼 있다. 빔 프로젝터는 강의장 앞쪽 벽에 설치되어 있는데, 기기 앞쪽에서 빛을 쏘지 않고 기기 아래쪽에서 빛을 쏘아, 사람이 스크린 앞을 지나가도 화면을 가리지 않는다.

　연우는 신입 교사들을 훑어본다. 그들은 들떠 있으면서 긴장한 모습이다. 그들이 입고 있는 유니폼은 하늘색 체육복 스타일로, 정장을 입었을 때보다 젊고 어려 보인다. 그리고 교육생 신분이라는 느낌이 확연하게 든다. 연우는 새삼 그들에게 동질감을 느낀다. 아니, 그들은 이제 동기다. 수재교육연수원 동기생. 하지만 그들과의 나이 차이는 들쑥날쑥하다.

나이가 이십대부터 오십대까지 다양하다. 거기다가 남자는 거의 없고 대다수가 여자들이다. 이 사람들은 어떤 경로를 통해 수재교육에 들어온 걸까, 연우는 갑자기 궁금해진다.

첫 강의는 수재교육의 학습시스템에 관한 교육이다. 본사 교육팀 소속 강사가 나와 강의를 한다. 그녀는 흰색과 검은색이 섞인 재킷에 니트 치마를 입은 세미 정장 차림이다. 그녀는 신입 교사들에게 묻는다. 수재교육, 하면 무엇이 떠오르냐고. 그러자 신입 교사들은 웃으며 다같이 "척척요"라고 한다.

그녀는 척척학습시스템에 대해 설명한다. 척척학습시스템은 개인별, 능력별 학습이 가능한 시스템이라는 것, 애니메이션 기법을 활용한 스토리 중심으로 효과적으로 개념을 학습할 수 있다고 한다.

"이론으로 이해력을 높이고 쉽게 학습을 하는 거죠. 개념문제, 응용문제, 심화문제, 실전단원평가를 통해 학습해요. 교과서 연계교육으로 학교수업에 능률적이기도 하고요."

그녀는 4차 산업 시대에는 과학적 사고가 필요하다고 한다. 척척 학습지는 과학적이고 체계적인 프로그램으로 학습의 사각지대를 놓치지 않는다고 한다. 그녀는 계속해서 말한다. 척척 학습지는 어린 학생까지 공부를 마치 게임을 하듯 즐겁게, 스스로 책상에 다가가게 만드는 마법 같은 프로그램이라고. 우수한 학습평가시스템과 평가관리시스템으로 아이의 자기 주도 학습법을 유도할 수가 있다고. 앞으로 현장에 나가 일대일 코칭으로 아이의 자기주도 학습습관을 잡아줄 수 있다고 역설한다.

"어때요, 여러분? 우리 척척 학습지 짱이죠?"

그녀는 척척 학습지 한 권을 위로 들어올린다. 그러자 모두 아이들처럼 "네"라고 큰 소리로 대답한다. 처음과 달리 그들의 얼굴은 해처럼 빛난다.

*

숙소 내부는 우드 톤으로 편안함과 안정감을 준다. 숙소에는 시스템 에어컨과 컨트롤러, 대형 벽걸이 LCD TV, 냉장고, 책상 등이 갖추어져 있다. 실내 온도는 적절히 세팅이 돼 컨트롤러를 찾을 필요가 없다.

연우는 테라스로 나간다. 고개 들어 밖을 본다. 연수원은 어둠과 불빛이 교차하고 있다. 저 앞에 산이 병풍처럼 펼쳐져 있는 게 보인다. 희미한 흑백 사진처럼, 희미한 안개와도 같이. 산은 말없이 이곳을 내려다본다. 그저 우두커니 바라본다. 아무런 움직임과 아무 미소도 없이. 하지만 산은 모든 것을 받아줄 것만 같다. 무엇이든 들어주고 화내도 포근히 감싸 안아 줄 것 같다.

밤에 점호를 취한다. 진행자가 숙소를 돌며 방마다 보고를 받으며 인원을 체크한다. 그리고 전달사항을 전한다.

"음주와 도박은 절대 금집니다. 만약 적발 되면 바로 퇴소 조치하겠습니다!"

점호가 끝났어도 취침할 수 없다. 강의 받은 내용에 대해 매일매일 시험을 보기 때문이다. 매일 보는 시험과 종합시험에서 성적이 좋지 않으면 불합격 처리돼 교사 자격이 주어지지 않는다. 숙소는 오랫동안 불이 꺼지지 않는다.

*

아침 기상은 새벽 여섯 시. 일어나 체조하고 점호를 한다. 바닥에 신발이 있으면 안 되고 문도 열어 놓아야 한다. 점호가 끝나고 아침 구보가 시작된다. 벌점 때문에 모두 나와야 하고 운동장 다섯 바퀴를 돈다. 그리고 이어진 강의장에서의 교육.

남자 강사가 나왔을 때 연우는 눈을 크게 떴다. 그는 위아래 단정하게 슈트를 차려 입고 있었다. 밝은 하늘빛 셔츠에 도트 넥타이를 매치해 캐주얼해 보였다. 연우는 그를 본 순간 머릿속에 김경수가 떠올랐다. 중학교 동창생인 김경수. 학급반장으로 리더십이 있고 주위에 친구가 많았던 아이, 놀면서도 반에서 일등을 놓치지 않았던 명석한 두뇌의 소유자. 그를 본 지가 십년이 넘었지만, 그의 모습은 크게 달라지지 않았다. 그때처럼 키가 크고 핸섬하고, 여유 있는 얼굴 표정이었다.

그가 신입 교사들에게 자신의 이름을 밝혔을 때, 연우는 다시 한 번 놀랐다. 그의 굵은 목소리 또한 전과 변함이 없었다. 많은 신입 교사들이 있어서 그는 연우를 알아보지 못했다. 김경수는 회사의 연혁에 대해, 수재교육이 학습지 업체의 중심에 서기까지의 발자취를 이야기했다. 그것은 영상과 함께 곁들여졌는데, 신화적 인물인 창업주 박영평 회장의 삶을 소개하고 회사의 경영이념인 큰 사랑에 대해 설명했다.

"아이들은 잠재적으로 모두 수재입니다. 수재의 꿈을 꽃피우게 해주는 것, 그것은 교육의 힘이라고 수재는 믿고 있습니다. 거기에는 사랑이, 그것도 큰 사랑이 필요합니다. 그래서 수재교육의 핵심가치 또한 큰 사랑의 나눔인 거죠."

김경수의 말 한마디 한마디에는 힘이 실려 있다.

"이제 수재교육은 동종 업계 최단기간 성장을 달성함으로써 우량 기업으로 발돋움했습니다. 수재교육의 대표 학습지 '척척'은 전 과목 학습지로, 국내 최고 브랜드 인지도를 자랑하고 있습니다. 그렇지만 우리는 성장을 멈추지 않을 겁니다. 아이들에 대한 사랑 또한 멈추지 않을 것입니다."

김경수는 이번에는 광고 영상을 보여준다. 회사의 언론 광고로, 수재교육의 광고 역사를 소개한다. 광고는 사실 수재교육을 성장시킨 원동력이다. 수재교육의 광고는 세 가지로 나뉘는데 학습지의 학습시스템에 대한 광고와 수재교육의 감성 광고, 그리고 학습지 교사에 대한 광고다. 이 중에 과감한 투자전략으로 접근한 것이 학습지 교사에 대한 광고다.

회사는 학습지 교사에 대한 광고가 곧 수재교육의 광고라는 것을 알았다. 수재교육 교사가 바로 수재교육의 경쟁력이라는 것. 학습지 교사의 이미지를 이용해 수재교육의 브랜드 인지도를 높이려 했고, 그것은 예상한대로 성공이었다. 수재교육하면 고객들은 학습지 교사를 떠올리고, 예비 교사들은 여러 업체 중에서 수재교육을 택했다.

김경수는 신입 교사들에게 수재교육의 광고 카피를 소개

한다. 그리고 대표적인 광고 카피를 스크린에 띄운다.

♣수재 선생님은 사랑입니다. 수재 선생님은 아이들을 큰 사랑으로 지도합니다.
♣그녀는 척척 선생님입니다. 그녀는 아이들을 척척 박사로 만듭니다.
♣프리랜서, 수재 선생님에 도전하세요. 수재교육이 여러분의 디딤돌이 되겠습니다.
♣자유로운 시간과 경제적인 여유, 수재 선생님이라면 가능합니다.

"이야, 정말 오랜만이구나."
김경수는 반가워하며 손을 내민다. 그는 연우의 손을 잡고 흔든다. 연우는 김경수가 더욱 당당하고 자신감이 넘쳐 보인다는 생각을 한다.
"너랑 몇 학년 때 한 반이었지?"
"삼학년 때야."
"그래 맞아, 삼학년 때. 너, 그때 교실 창가 쪽에 앉았지?"
연우는 고개를 끄덕인다.
"수업 시간에 자주 창밖을 보지 않았어?"
"맞아."
"그래서 선생님들한테 많이 혼났잖아. 창밖만 본다고……."
"별 걸 다 기억하네."

연우는 김경수가 역시 머리가 좋다고 생각한다. 이런 일은 자신만 알고 있다고 여겼는데…….

초등학교 때도 그랬지만, 연우는 중학교에 올라와서도 학교 수업에 도통 흥미를 느끼지 못했다. 수업 시간이 되면 이상하게 숨이 막혔다. 어딘가에 갇혀 있다는 생각이 들었다. 빠져 나가고 싶어도, 도무지 빠져나갈 수 없는 미로 같은 곳에. 연우는 숨이 턱턱 막혔다. 머릿속도 지근거렸다. 숨막힘을 참지 못해 고개를 창가로 돌렸다. 창밖은 햇빛이 가루처럼 쏟아지고 있었다. 파란 하늘이 펼쳐져 있고, 그 위에 구름이 수를 놓았다. 정원에는 나무와 꽃들이 자랐다. 나무에는 새가 앉아 있고, 꽃에는 벌과 나비가 날았다. 연우는 그것들을 멍하니 바라보았다. 그 순간 그것들이 부럽다는 생각이 들었다. 연우는 자신이 나무가 되고, 새가 되고, 나비가 되는 모습을 머릿속에 그렸다. 그러다가 선생님이 부르는 소리에 공상에서 깨어났다.

"수재 선생님 해 보려고?"

"응."

"왜 관리직으로 지원하지 않고? 관리직은 여러 가지 혜택이 있을 텐데……."

"난 아이들 가르치는 걸 좋아해서."

"그렇다면 뭐……."

김경수는 해맑은 미소를 띄운다. 여전히 소년 같다. 김경수는 연우에게 명함을 건넨다. '기획팀 대리'라는 그의 직함이 눈에 들어온다.

"다음에 또 보자. 지금 본사로 들어가 봐야 해서……."

*

 강의 시작 전에 어김없이 진행자가 나온다. 그가 등장하면 찬바람이 분다. 이야기를 나누다가도 중단하고 자세를 바로 한다. 그의 눈빛은 사람들을 제압하는 힘이 있고, 그는 그것을 은근히 즐기고 있다. 강의 시작 전에 진행자는 구호를 외치게 한다. 박수를 치고 나서 진행자가 주먹 쥐고 외친다.
 "수재! 수재! 왕수재!"
 이어 교육생들이 따라 구호를 외친다.
 구호는 계속 된다.
 "함께하자! 함께하자! 함께 성공하자!"
 "나의 두뇌는 풍부한 상품 정보로! 나는 하고야 만다! 나는 반드시 해낸다!"
 하루 일정은 빡빡하다. 밥 먹는 시간을 제외하면 모든 시간이 교육이다. 회사가 교육만큼은 철저하다는 인상을 심어준다. 수재교육은 교사교육에 아낌없이 투자를 하고 있다. 전체 매출의 3%가 교사 교육비로 나가고 있다. 전체적으로 볼 때 교사 교육이 플러스로 작용하리라 판단한 것이고, 또 실제 그것은 매출과 직결되기 때문이다.
 첫째 날을 제외하고 교육은 학습지 교재에 대한 설명과 선임 교사들의 경험담을 주요하게 다룬다. 물론 중간중간에 예절 교육과 CCM 제도, 커뮤니케이션 스킬 교육, 입회 상담법, 학교교육과정 강의가 이루어지지만 그것은 부수적인 것들에 불과하다. 학습지 교재에 대한 강의는 세밀하게 이루어진다. 수재교육의 학습지 전반에 대한 이해와 교재의 구성, 과목의 주요 특징을 다룬다.

강사들은 많은 자료를 준비해 오고, 잠시도 쉬지 않고 설명을 이어 나간다. 그렇다고 진행자처럼 숨을 못 쉬게 하지는 않는다. 유머를 섞어 가며 이야기하고, 중간에 퀴즈 문제를 내서 볼펜이나 사탕을 주기도 한다. 강사들은 교육생들에게 선생님이란 호칭을 자주 사용한다. 강사인 자신들과 교육생들을 동급으로 여긴다. 아니, 자신들보다 지위가 높은 사람처럼 깍듯이 대우한다.

"선생님은 어디에서 오셨죠?"
"이번 기수 선생님들은 무척 밝군요."
"선생님들, 강의 받느라고 힘드시죠?"

그러면서 그들은 책임 의식 같은 것을 강조한다. 목표 의식을 가져라, 아이들을 사랑해라, 교재 연구에 충실해라, 회원 관리를 철저하게 해라, 복장을 단정히 하라, 회사에 이로운 존재가 되라 등등 회사의 요구 사항을 대신해서 말한다.

선배 교사들의 경험담 강의는 자주 진행됐다. 그들은 일선에서 뛰는 학습지 교사들로 자신들의 경험과 성공담을 들려주었다. 모두 영업 실적이 뛰어난 우수 교사들이었는데, 한 달에 오백 이상의 수익을 올리는 고소득자들이었다. 그들은 하나같이 학습지 교사의 장점만을 이야기했다. 그들은 이런 저런 이야기를 하다가도 결국은 실적에 따른 보상과 급여에 초점을 맞추었다.

"이 일이 제일 좋은 것은 러쉬아워 때 출퇴근 하지 않는다는 거죠. 자택 근무고, 오전 시간을 내 맘대로 쓸 수가 있어요. 거기다가 경제적인 여유까지. 요즘 이런 직업 없어요." (서울 강남지국 A교사)

"전 이번 달에 입회를 20개 했습니다. 학습지 교사도 잘만 하면 고소득을 올릴 수 있어요. 난 연봉이 랭킹 안에 들어요. 열정과 실력을 함께 갖춘다면 억대도 어렵지 않아요."(수원 이원지국 S교사)

"내가 학습지 선생님이 되어 가장 좋은 건 경제적인 여유예요. 내 아이들에게 뭔가 해 줄 수 있는 능력이 생겨 아주 좋아요. 경제적으로 안정되면 가족들에게 많은 사랑을 받을 수 있답니다."(춘천 원동지국 K교사)

"전 이번에 사업국왕을 받았습니다. 사업국에서 받은 상금과 장기근속 상으로 받은 돈, 이걸 합치니까 이번 달 수익이 육백이 되네요."(부산 미동지국 J교사)

악덕 지국

1.
 연우는 고개 들어 빌딩을 바라본다. 빌딩은 비교적 넓은 부지에 지어지고 지상 4층의 상가 건물로, 사면이 대리석으로 되어 있다. 지은 지 얼마 안 된 모양인지 빌딩은 외관이 수려하다. 네모반듯하고 어디를 보나 깔끔하다. 하지만 경사진 곳에 자리잡고 있다. 브라운색을 내고 있고 하늘도 회색빛을 드리워, 전체적으로 어두워 보인다.
 연우는 건물 내부로 들어간다. 건물 내부 역시 깨끗하고 단정하다. 엘리베이터 옆 벽면에 인포메이션 간판이 눈에 띈다. 거기에 층별 안내가 나와 있고, 2층에 수재교육 지국명이 검은 글씨체로 적혀 있다.
 엘리베이터 옆에 계단이 있다. 마음의 준비도 할 겸 해서 계단을 이용한다. 천천히 계단을 오른다. 계단은 폭이 넓다. 미끄럼 방지를 위해 계단마다 패드가 설치되어 있다. 오돌오

돌하고 까슬까슬한 논슬립 패드가 아닌 부딪쳐도 괜찮을 것 같은 부드러운 고무패드다.

그때 발에 무언가 밟힌다. 발에 닿은 것은 한 조각 토사물. 다행이라면 다행이다. 오래된 게 아닌지 그것은 물렁물렁하고 뿜어 올리듯 냄새가 역하다. 연우는 잠시 멈춰 선다. 그리고 2층 계단 위 M지국 출입문을 멍하니 바라본다.

사무실 안은 생각보다 크다. 홀 중간에 기둥이 없는 넓은 공간의 사무실로, 화이트 톤과 블랙의 조화로 모던한 분위기다. 천장 밑 벽에는 '화이팅'이란 글귀가 새긴 파란 띠를 두르고, 그래선지 뭔가 화사하고 하나로 통일된 느낌이다. 그러나 사무실은 네모반듯하지 않고 약간 삼각형 구조다. 건물 후면 쪽으로 창문이 나 있어 햇빛이 들지 않아, 왠지 지하 같은 느낌도 든다.

사무실 한쪽에는 화분이 놓여 있다. 그것은 가지와 잎이 메말라 생기가 없다. 벽면은 좀 어수선하다. 회원 관리 게시판을 비롯해 월중행사 계획표, 실적판, 플랭카드, 포스터가 걸려 있고 그 옆에는 '기본 업무 실천 수칙'이며 '목표수치 200% 달성', '칭찬 릴레이', '나는 할 수 있다' 등의 문구가 나붙어 이곳이 마치 보험 회사 영업소인 듯한 착각을 불러일으킨다.

"어서 와요."

연우를 맞이한 사람은 몸이 깡마른 남자 지구장이다.

"난 2지구를 맡고 있는 변 지구장이에요. 반갑습니다."

그는 웃으며 손을 내민다.

"오연우라고 합니다."

연우는 미소 지으며 그의 손을 맞잡는다.

"오연우 선생님이 오시길 기다렸습니다. 우리 지국에 오신 걸 환영합니다."

그는 마치 오랜 친구를 만난 듯 연우를 기쁘게 반긴다.

"오연우 선생님 자리는 여기예요."

그는 손으로 자리 하나를 가리킨다. 사무실은 1지구, 2지구, 3지구로 나뉘어 책상이 배치되어 있다. T자 형태로 길이가 길다. 그러나 사람이 없는 빈자리로 책상 위에는 물건들만 널려 있다.

"선생님들이 없죠? 재택근무라 자리가 빈 거예요."

연우는 고개를 끄덕인다. 그는 긴 신장에 마른 체형으로 광대뼈가 튀어 나와 상대적으로 이마와 턱이 좁아 보인다. 울 체크 남방에 라운드 니트를 입고, 베이지색의 바지를 입었으며, 머리는 적당량의 젤과 왁스로 손질되어 있다.

"이거 마시세요."

그는 자기 책상 위에 있는 코코넛 밀크 하나를 연우에게 건넨다.

"자, 이것도 드시구요."

그는 소브르 빵도 준다.

"집은 어딘가요? 이곳에 사나요?"

"네."

"지국에서 멀어요?"

"아닙니다. 멀지 않습니다."
"얼마나 걸려요?"
"한 20분 정도······."
"그 정도면 가깝네요. 나도 이곳에 살아요. 그럼, 집에 누구랑 같이 사시는 거예요?"
"혼자 삽니다."
"그래요. 집은 원룸이세요?"
"아니에요. 다가구 주택이에요."
"식사는 어떻게 해요? 해 먹는지, 아님 사 먹는지······."
"해먹을 때도 있고 사 먹을 때도 있어요."
"사 먹으면 식비가 만만치 않을 텐데······. 아침은 드셨어요?"
"늦게 일어나서······."
그는 탕비실에서 떡과 김밥을 가지고 온다.
"이거 드세요. 아침을 든든히 먹어야 하루가 활기차요."
"고맙습니다."
"혹시 종교 가지고 있나요?"
"없는데요."
"무교세요?"
"네."
"그럼 교회 다니세요. 교회 다녀야 여기 일도 잘할 수 있어요."
연우는 고개를 끄덕인다. 첫 만남에 종교 이야기까지 꺼내 좀 부담이 된다.

＊

　10시가 되어서야 지국장은 모습을 드러냈다.
　"반갑습니다."
　지국장 역시 환하게 웃으며 연우를 대해 준다. 그는 흰 셔츠에 니트 카디건을 매치하고, 울 소재의 슈트를 입고 있다. 배가 나오고 머리는 벗겨져 있다. 광이 없고 푸석푸석해 보이는 대머리다.
　"우리 차 한 잔 합시다. 2지구장, 커피 좀······."
　그의 자리는 사무실 맨 끝에 따로 마련되어 있다. 책상은 대형 목재 책상으로, 의자도 가죽으로 되어 등받이가 길다. 책상 위엔 컴퓨터와 전화기가 놓여 있고, 책꽂이에 서류가 가득 꽂혀 있다.
　"자, 앉아요."
　지국장 자리 옆에는 소파가 있다. 유리 상판이 블랙으로 되어 무거운 분위기가 느껴진다.
　"연수원 신입교육은 잘 받았나요?"
　"네, 잘 받았습니다."
　"힘들지요? 답답하고, 하루 종일 강의 받아야 하고······."
　"받을 만했습니다."
　"거기 밥은 먹을 만하죠?"
　"네, 밥맛이 좋았어요."
　연수원 식단은 건강한 메뉴들로 구성되어 있었다. 칼로리에 맞게 음식을 배분해 만들어 과식만 하지 않으면 되었다. 토스트와 모닝빵도 구비되어 있고, 견과류와 건베리를 얹은 아이스크림 디저트도 맛볼 수 있었다. 연수원에서 좋았던 점을 꼽으라면 식사 시간이었다고 해도 과언이 아니다.

2지구장이 모락모락 김이 올라오는 커피를 타 가지고 왔다. 그는 지국장부터 드리고 연우 앞에 종이컵을 놓았다.

"인사 나눴나요? 여기 우리 2지구장과……."

지국장이 커피를 한 모금 마시고 연우에게 묻는다.

"아 예, 좀 전에……."

"오 선생님을 2지구에 배치 시켰어요. 2지구에 남자 교사가 없어서……. 우리 2지구장과 얘기도 나눴나요?"

"네, 나눴어요."

"우리 2지구장 참 좋은 분이에요. 교회 다니는 분이라 사람이 참 착해요. 항상 열정이 넘치고 일도 적극적이고……. 2지구장이 옆에서 잘 도와줄 거예요. 업무도 가르쳐 줄 거고, 교실관리 하는 법도 알려줄 거고……. 한 번 두 분이서 호흡을 잘 맞춰 보세요."

"네, 열심히 해 보겠습니다."

"선생님에 대한 기대가 커요. 아시겠지만 여긴 여자 선생님들이 거의 다에요. 남자 선생님은 얼마 없어요. 남녀 적당한 비율이어야 하는데 그렇지를 못해요. 물론 여자 선생님들이 회원 관리는 잘해요. 섬세하고 꼼꼼하게……. 근데 적극성과 책임 의식 같은 게 부족해요. 단결력도 부족하고……. 욕심이지만 그런 점을 오 선생님이 메꾸어 주었으면 해요."

"네, 노력해 보겠습니다."

지국장은 만족한 표정을 짓는다. 그러면서 변 지구장을

바라본다.
"오늘 술 한 잔 해야 하지 않아?"
"그럼요. 오늘 같은 날 안 하면 언제 하나요."
"오연우 선생님, 술 잘해요?"
"아니, 잘 하진 못합니다."
"학습지 교사하려면 술도 잘 마실 줄 알아야 해요. 육체노동에 정신노동이라 스트레스가 좀 생길 거예요. 그럴 때 우리랑 마시면 스트레스가 풀려요."
지국장은 마냥 좋은 사람처럼 컬컬 웃는다.

*

연수원에서 교육 수료를 했다고 해서 교육이 끝난 것이 아니다. 일주일에 두 번 정착과정 교육을 받기 위해 사업국으로 출근해야 한다. 사업국에서의 교육은 학습지 교재에 대한 공부다. 연수원에서 학습지 교재의 개요나 특징을 훑어보았다면, 사업국에서는 학습지 과목을 구체적이고 세밀하게 살펴본다. 그러나 과목수가 많고 양이 많아 깊이 들어가지는 못한다. 교재에서 중요하다고 생각하는 한 부분만을 다룬다. 사실 그것도 내용파악이라기보다는 테크닉적인 요소에 비중을 둔다. 결국 교재학습은 혼자서 해결해야 한다.
교재 연구는 만만치가 않다. 수재교육의 다양한 과목들, 그리고 과목마다 여러 단계가 있다. A단계에서 G단계까지 있다. 과목 중에는 연우가 공부한 적이 없는 일어와 중국어 과목도 있다. 만약에 일어와 중국어 하는 고등 회원을 맡게 된다면 큰일이다. 비단 일어와 중국어 과목만 그런 것이 아니다. 교재가 자학자습으로 되었다고 하지만, 기본 지식이 없는 이상 손을 대기가 어렵다. 중등이나 고등 회원인 경우 교사가 학습이 충분히 되어 있지 않으면 관리 자체가 힘들고, 질문하는 회원들이 종종 있어 거기에 답할 수 있게 확실히 마스터해야 한다.

수업에 대한 부분은 걱정하지 않아도 될 만큼 회사에서 도와준다고 하나 그것은 장기적인 차원에서 그렇다는 것이지, 바로 현장에 투입될 교사에게는 소용없다. 교재 지식을 넓혀 전문가가 되어야만 학습지 교사라 할 수 있고, 그때부터 아이들을 제대로 관리할 수 있다. 그러려면 가능한 빨리 전과목 교재 연구를 마쳐야 한다. 물론 그 뒤로도 회사 교육을 통해서든, 아니면 스스로 학습을 통해서든 끊임없이 연구하고 배워야 하겠지만.

연우는 중학교 단계의 진단평가지를 풀어 본다. 배운 지 오래 된 것이 아닌데 낯설게 느껴진다. 내용이 기억나지 않는 것도 있다. 풀다가 어렵게 느껴진 부분은 교과서와 참고서를 뒤적이며 개념을 정리한다. 그러나 단시일 내에 극복될 문제는 아니다. 오랜 시간이 지나야 초등 6년과 중등 3년, 고등 3년 교육 과정이 머릿속에 선명하게 들어올 것 같다.

"이번엔 젊은 분이 오셨네요. 그것도 남자분께서……."

연우 앞자리에 앉은 여교사가 환한 표정으로 말한다. 그녀는 2지구 소속의 안연숙 교사다. 사십대 가정주부로 오랜

기간 축적된 자외선의 영향으로 얼굴에 잡티와 기미가 많다. 그러나 눈만큼은 맑고 따뜻하다.

"혹시 인턴사원인가요?"

"아닌데요."

"왜 인턴사원으로 들어오지 그랬어요? 젊으신데……."

"난 학습지 교사가 좋아요."

"학습지 교사는 비전이……."

"네?"

"아, 아니에요."

그녀는 희미하게 웃어 보인다.

"남자 선생님은 학부모들이 좀 기피하지 않을까요?"

내심 걱정하고 있는 점을 그녀가 말해 연우는 뜨끔해 한다. 학부모들이 남자 학습지 교사에 대해 가지고 있는 선입견을 과연 잘 극복할 수 있을지 불안감이 밀려오곤 했다.

"많이 기피하나요?"

"남자 선생님이면 엄마들이 불편해 하긴 하죠. 방을 깨끗이 치워야 하고, 화장도 해야 하고 또 옷을 갖춰 입어야 해서……."

"그럼 어떻게 해야 되죠?"

"뭐, 직접 보면 달라지기도 하니 너무 걱정 마세요. 조금 시간 지나면 더 좋게 생각하는 분들도 계시니까. 엄마들 보기에 여자 선생님보다 더 믿음이 가는 부분도 있구요. 자기 아이를 성실하게 지도해 주고 세심하게 관리해 주면 엄마들도 진심을 알아줘요."

"아이들도 남자 선생님을 꺼리죠?"

"대개 그렇죠. 하지만 남자 선생님을 좋아하는 아이들도 많아요. 남자애들 같은 경우에는요. 아이들과 빨리 친해지도록 노력하는 게 중요해요. 남자 선생님은 여자 선생님보다 인내심과 기다림이 더 필요한 거 같아요."

"그렇군요."

"앞으로 물어볼 거 있음 내게 물어요. 아는 대로 답해 드릴 테니……."

그녀는 그렇게 말하며 서둘러 자리에서 일어선다.

"그럴께요."

연우는 그녀에게 미소를 보낸다.

2.

점심 식사를 하려고 사무실을 나서려고 할 때다. 누군가 사무실 안으로 들어왔다. 화장기가 별로 없는, 얼굴이 다소 창백해 보이는 여자였다. 연우는 가벼운 목례를 하며 그냥 지나치려 했다. 지국에는 교사들이 상당히 많고, 거의 다 재택근무를 하고 있었다. 연우는 아직 2지구 교사들도 다 모르는 상태고, 눈을 마주치면 누가 됐든지 간에 무조건 인사했다.

"잠깐만요……."

여자 쪽에서 먼저 불러 세웠지만, 연우도 낯이 익어 고개를 돌리려던 참이었다. 정면으로 보았을 때, 연우는 낮은 탄성을 내질렀다. 그녀는 수아였다. 오래전에 알고 지냈던, 어느 날 연락이 끊겼던 홍수아.

*

"널 여기서 만날 줄이야."

매장은 넓지 않지만, 아기 식탁 의자가 있고 혼자 먹을 수 있는 바도 있다. 만두국에는 고기만두 2개와 김치만두 1개가 들어 있다. 만두는 크고 맛있다. 수아는 그전과 몰라보게 변해 있었다. 수아를 바로 못 알아본 것도 무리는 아니었다. 수아는 우선 몸이 삐쩍 말라 있었다. 앙상한 팔과 가는 목, 그리고 푹 꺼진 홀쭉한 볼, 옷걸이에 옷이 걸렸다고 할 정도다.

"세상 참 좁구나. 이런 데서 널 만나고 말이야."
"그러게."
"학습지 교사하려구?"
"응."
"너, 교육학과 출신 아니니?"
"맞아."
"그럼 학교 선생님 하지 않고?"
"임용고시 준비했다가 몇 번 떨어져서……."
"임용고시 어렵다고 하던데……. 그래서 포기한 거야?"
"포기는 아니고……. 거기에만 올인할 수 없는 상황이라서."

연우는 대학 사학년 때부터 본격적으로 임용 공부를 시작했고, 졸업한 해부터는 거기에 올인했다. 그러나 임용고시의 벽은 만만치 않았다. 아니, 이상하게 운이 따라주지 않았다.

연우가 학습지 회사에 지원한 것은 재정 상태가 바닥을 드러냈기 때문이었다. 처음에는 기간제 교사를 생각했다. 나중에 2차 시험을 치르려면 기간제 교사로서의 경험이 필요하기도 했다. 기간제 교사는 임용고시보다 경쟁률이 더 치열했다. 국어과는 200:1은 기본이라는 이야기가 나돌 정도였다. 보통 100개 정도는 써야 한 곳에서 연락이 온다는 말이 있기에 연우는 하루 종일 이력서와 자기소개서를 작성했다. 30개에 이어 40개 학교에 지원해도 연락이 오지 않았다. 그때 신문에서 학습지 회사의 교사모집 공고를 보았다. 재택근무와 출퇴근 자유 그리고 월250~300만원 이상의 급여. 공부할 시간과 돈이 필요했던 연우에게 그것은 단비 같은 채용 소식이었다.

"이런 우스갯소리도 있던데. 대한민국 난공불락 1위가 임용 고시라는 거……. 근데 할 수 있겠어?"

"어떤 거?"

"학습지 일 말이야."

"아이들 가르치는 거라 뭐 어렵진 않을 것 같은데……."

"여긴 학교가 아니라 좀……. 아무래도 사기업이다 보니 가르치는 것 이외에 따로 해야 될 일이 많아."

"어느 정도 각오는 하고 있어."

"그래, 넌 남자니까 잘할 거야."

수아는 웃음을 지어 보인다.

"앞으로 널 자주 보겠구나. 재택근무지만 일주일에 한 번 지국회의가 있고 또 오늘처럼 사무실 들릴 일이 있으니까.

가끔 행사도 있고…….."
 "너가 있어 참 다행이다. 다 모르는 사람들이라 불안했는데."
 "옛날로 돌아간 거 같다. 오래전 그때로 말이야."
 수아는 꿈꾸듯이 말한다.

 수아를 처음 만난 것은 대학 이학년 때다. 연우가 가입한 문학 동아리에서 일 년에 두 차례, 봄과 가을에 시화전을 개최했는데 그해도 동산에 벚꽃이 피기 시작하자 시화전 얘기가 나오고, 동아리방 게시판에 시화전에 관한 공고문이 나붙었다. 연우는 몇 날 며칠을 고심해 시 한 편을 간신히 잉태했고, 그리고 그 시에 맞는 그림 그려 줄 사람을 찾았다.
 작년엔 기숙사 옆방에 그림 그리는 남자애가 있어 그애한테 부탁했지만, 그애가 군에 입대해 버려 다른 누군가에게 도움을 청해야 했다. 물론 직접 그려 넣을 수도 있지만, 연우에게는 그런 재능은 갖고 있지 않았다. 재능까지는 아니고 보통 솜씨면 되는데 연우의 그림 실력은 영 젬병이었다. 더구나 연우는 아무리 시가 좋다고 해도 그림이 뒷받침해 주지 못하면 시화로서는 형편없다는 생각이었다.
 여학우를 통해 그림 그리는 여자애를 소개 받았을 때, 연우는 좀 놀랐다. 그림 그리는 여자애들이 미모가 뛰어나고 멋쟁이라는 것을 알고 있지만, 그 여자애는 그 이상으로 명품 옷에 명품 가방, 명품 액세서리를 하고 있었다. 연우는 여자애에게 말했다. 판넬 작업을 해야 하므로 내일까지 그림을 그려 달라고. 지금 생각하면 뻔뻔하기 그지없지만 여자애는 고개를 끄덕였다.

다음날 여자애는 약속을 지켰고, 연우는 손에 든 그림을 보았다. 그 순간 이게 뭐야라는 당혹감이 들었다. 여자애가 그린 그림은 구체적인 형태를 그린 구상화가 아닌, 무엇을 그렸는지 알 수 없는 난해한 추상화였다. 연우의 생각과 다른 그림이며 현실성이 떨어져 시와 부합하지 못했다.

연우는 사실적이고 디테일한 그림을 원했다. 자연을 화폭에 담은 풍경화를 좋아했다. 일테면 살구나무를 아크릴 물감으로 그린 그림이라든가, 우아하고 기품이 있는 목련을 다양한 표정으로 그린 그림을 선호했다. 여자애가 그린 그림은 정형적, 무정형적이라 그림을 보는 사람이 주제를 찾고, 의미를 부여하는 문제를 떠안게 만들었다. 그것은 어떤 이미지를 그린 듯이 보였다. 강렬하면서도 부드럽고, 뭔가 있는 듯하면서도 없는 듯 하고, 해 지는 강변을 그린 것 같으면서도 다른 각도에서 보면 도시 모습을 그린 것도 같았다.

이해할 수 없는 가운데 비호감은 어느새 호감으로 바뀌었다. 그림은 사각형과 원과 선을 조형적으로 표현했는데, 붉은색과 초록색을 주요 색으로 칠하고 은은한 파스텔 계열로 변화를 주고 있었다. 구체적인 형태에 얽매이지 않고 자신만의 컬러와 터치로 감성에 충실했다. 그것은 이해 여부를 떠나 오감을 자극하고 있었다.

"넌 시인이 되려고 하니?"

언덕 위 도서관 앞 벤치에 앉아 수아가 불쑥 물었다.

"시인이 되려고 시를 쓰는 건 아니야."

"그럼 왜 시를 쓰지?"

"시가 좋아 그냥 쓰는 것뿐이야."

"넌 나랑 다르구나. 난 화가가 되려고 그림을 그리는데……."

수아의 집은 부유했다. 수아 아버지는 건설업체 회장이면서 정계와 깊은 연을 맺고 있었다. 수아의 집은 이삼층 높이의 건물에 풀장이 있고, 그리고 꽃과 나무가 가득한 정원이 있었다. 연우는 학교에 자전거 타고 다녔지만, 수아는 빨간색 포르쉐를 몰고 다녔다. 연우는 수아와 함께 가끔 이름난 맛집에도 가고 바에서 술을 한 잔 기울이기도 했다. 그러나 수아에게 가까이 다가가진 않았다. 그것은 수아도 마찬가지로 수아에겐 이미 좋아하는 남자애가 있었다.

그애는 학교에서 이미 이름이 난 애로, 하얀 얼굴에 키가 크고 팔목에 문신이 있었다. 언제 봐도 웃는 얼굴이며, 노래 부를 곳이 있으면 서슴없이 앞에 나와 춤추며 노래를 부르고, 어느 땐 머리에 띠를 두르고 단상에 올라 구호를 외치기도 했다. 연우는 수아와 그 남자애가 도서관에 같이 있는 모습도 보고, 손잡고 미술관으로 향하는 것도 보았다. 그리고 학교 앞 주점에서 술 마시는 것도 보았다.

연우가 군에 입대하고 다시 복학했을 때, 수아는 학교에 없었다. 연우는 수아가 유학을 갔을 것으로 생각했다. 수아의 진로는 이미 그쪽으로 정해져 있었으니까.

"넌 지금도 시를 쓰니?"

연우는 고개를 젓는다. 대학을 졸업하고 나서 모든 것은 현실에 초점이 맞추어지고 있었다. 불투명한 미래 걱정, 취업 걱정, 결혼 걱정, 건강 걱정…….

"당연히 넌 그림을 그리고 있겠지?"

언젠가 인터넷에 수아 이름을 검색해 본 적이 있었다. 그때 화가가 되어 있는 수아 모습을 떠올리며 화면을 주시했는데, 교수나 다른 예술 계통의 이름은 많이 뜨나 화가인 수아 이름은 한 명밖에 없었다. 사진이 없어 수아로 여겼는데, 출생년도를 보니 그녀는 중년의 여성으로, 출신 학교도 수아와 달랐다. 혹시 개명했거나 예명을 쓰지 않나 해서 더 검색해 보았지만, 연우가 아는 수아는 찾지 못했다.

졸업을 한 해 앞두고 수아는 학교에 휴학계를 냈다고 한다. 아버지 사업체가 부도가 났기 때문이었다. 부도가 나므로 해서 재산은 곧 압류되었다. 부도로 인해 생긴 빚도 자그마치 천억 가까이 되었다. 각종 빚과 알 수 없는 독촉장이 수두룩했다. 결국 아버지는 스스로를 비관해 산에 올라 나무에 목을 맸다. 어머니 역시 수면제 없이는 잠을 이루지 못하다가 스스로 목숨을 끊었다.

"그림만 아는 내게 사회는 커다란 벽이었어."

학위가 없어 수아는 미술학원 강사로도 활동할 수 없었다. 이력을 허위로 기재할 수도 있지만, 그렇게까지 해 학원에 있고 싶진 않았다. 또 화단 쪽에 지인도 없어 그림과 점점 멀어지는 생활을 하게 되었다. 수아는 편의점이나 상담원 알바를 하고, 그 수입으로 생계를 꾸려 나갔다.

그러다가 학습지 교사로 일했다. 새로운 아르바이트를 알아보던 중 우연히 전단지를 보게 되었다. 아이들 가르치는 것을 해보고 싶었던 터라 눈에 쏙 들어왔다. 학습지 교사 자격은 4년제 대학 졸업자였고, 수아는 전화해 혹시 휴학생도 가능한지를 지국 담당자에게 물었다.

3.
건물 입구에 들어서자 지하에서 쿵쿵 울리는 소리가 난다. 지하로 나 있는 계단은 붉은 카펫이 깔려 있고, 계단 천장과 벽에는 싸이키 조명이 어지럽게 반짝인다. 지하만 아니라면 그것은 무지개 같은 환상적인 모습이다. 지하는 끝이 보이지 않는다. 깊은 동굴 같은 모습으로, 지하 어딘가에서 소리가 들려온다. 고래고래 악을 쓰는 듯한 노랫소리며 깨지는 듯한 마이크 소리, 찰랑대는 탬버린 소리, 그리고 지직거리는 잡음과 웅웅 울리는 스피커 소리가 전해져 온다.

건물 안으로 들어서자 화장실이 나온다. 문이 닫혀 있지만 냄새가 진동한다. 연우는 바닥을 보며 우측으로 꺾는다. 계단에 발을 내딛는다. 계단은 새까맣다. 난간에는 먼지가 쌓여 있고, 휴지 같은 게 제멋대로 떨어져 있다.

2층에는 건물주 내외가 살고 있다. 주인 남자는 키가 크고, 주인 여자는 키가 작다. 무슨 일을 하는지, 두 분이 오전 늦게 집을 나가 밤늦게 돌아온다. 두 분 다 깔끔하게 옷을 입고 항상 생기 넘치는 표정이다. 그들은 자기네 집 앞만 청소한다. 그래서 2층에는 먼지 하나 찾아볼 수 없고, 바닥이 늘 반들반들하다.

3층은 어둠침침하다. 연우는 3층을 지날 때마다 왠지 으쓱한 기분이 든다. 벽에는 부적이 붙어 있다. 글씨를 쓴 부적도 있고, 그림을 그린 것도, 또 알 수 없는 기호로 된 부적도 있다. 그곳에는 향내도 난다. 문틈으로 향이 스멀스멀 새어 나오고, 그것은 제사 지낼 때 나는 것과 달리 향이 강하다.

옥상에 있는 간이 주거시설인 옥탑방. 자물쇠를 쥐자 금속성의 차가움이 느껴진다. 문을 열자 어둠이 그물처럼 와락 덮친다. 연우는 잠시 어둠을 노려본다. 어둠은 빈틈없이 들어차 있고, 먹물을 뿌린 듯 색이 진하다.

문을 열고 들어서면 먼저 현관이 나온다. 현관은 길쭉하게 만들어진 복도식 구조로 되어 있다. 현관 좌측으로 거실과 주방, 화장실이 자리하고 있다. 주방은 싱크대와 가스레인지가 있고 한쪽에 오래된 냉장고와 세탁기, 전자레인지, 토스터기 등 가전제품이 놓여 있다. 주방 뒤에는 욕실 겸 화장실이 있다. 화장실은 적당하다. 좁지도 넓지도 않은 그저 그런 사이즈. 현관 오른편에는 방이 있다. 남향이라 방은 햇살이 잘 들어온다.

연우는 간단히 씻고 가스에 물을 올려놓는다. 교실을 돈 것도 아닌데 이상하게 피곤하다. 이대로 있다가는 곧 잠이 들 것 같다.

텅 빈 방안에 커피향이 은은하게 퍼진다. 뜨거운 커피를 입에 갖다 댄다. 목을 타고 내려가자 정신이 번쩍 깨어나는 것 같다. 연우는 고개 들어 창문을 바라본다. 불빛 때문에 밖은 보이지 않는다. 창문 너머 차 소리가 들리고, 누군가 뛰어가는 발자국 소리도 낮게 들려온다.

*

연우는 차를 몰고 지하 주차장에 들어간다. 주차장은 빈자리가 많지 않다. 다행히 기둥 옆에 빈자리가 있다. 주위에 지나는 차량이 없나 살펴본다. 조심스레 후진했다 다시 전진하려고 할 때다. 갑자기 클랙슨 소리가 들려온다. 뒤에 차가 있었던 걸까, 백미러를 보았을 때는 차가 없었는데……. 연우는 식겁해 한다. 차는 조수석 쪽으로 순식간에 지나가고, 그 차와 연우 차 사이의 간격은 10센티미터 여유밖에 되지 않는다.

대체 무슨 생각으로 지나갔는지 알 수 없다. 급정거를 안 했으면 부딪치고 말았을 상황이다. 많이 놀랐는지 상대방 차도 앞에 멈추어 있다. 잠시 후, 차 안에서 사람이 내린다. 사십대로 보이는 얼굴이 길쭉하고 눈매가 날카로운 여자다.

"운전을 어떻게 하는 거예욧! 사고날 뻔 했잖아요!"
차에서 내리자 그녀는 다짜고짜 쏘아붙인다.
"아니, 그쪽이 잘못한 거 아닌가요?"
"지나가는데 앞으로 나왔잖아욧!"
"난 주차 중이었어요."
"그러면 비상등을 켜야죠. 난 차들 앞에 주차하는 줄 알았어용!"

"그래도 주차 중이면 기다려야 되는 거 아닌가요?"

비상등을 켜지 않고 주차한 것은 연우의 과실이다. 차가 있든 없든 주차 시에는 혹시 모를 상황에 대비해 비상등을 켜야 한다. 그러나 연우의 과실보다 여자 측 과실이 더 커 보인다. 주차장에서 앞차가 머뭇거리면 주차하는 줄 알고 기다려야 하지 않는가. 기다려 봤자 길어야 일분인데 그것을 못 참은 것이다. 많이 놀라셨죠? 상대가 이렇게 말하며, 죄송하다고만 했어도 괜찮다고 하며 비상등을 켜지 않은 것에 대해 연우도 미안하다고 했을 것이다. 사고 안 난 것이 천만다행이니까.

"댁이 뒤에 차가 있나 잘 봤어야죠. 비상등도 안 켰으면서 뭔 말이 많아요!"

"그래도 뒷지시등을 켜면 주차하는 줄 알고 멈춰야지요."

연우도 물러서지 않는다. 그녀는 자기 입장만 생각하고 있다. 빨리 갈 욕심에 추월을 한 것이다. 그리고 그녀는 과속한 것이 틀림없다. 주차장 안에서 고속으로 달린 무개념의 차다. 주차장에서는 앞 차량도 언제든 설 수 있다는 가정 하에 안전거리를 유지해야 하지 않나.

"아침부터 재수 없더니만……."

그녀는 얼굴을 구기며 뒤돌아선다. 연우도 뭐라 해주려다가 간신히 눌러 참는다.

*

연우는 변 지구장에게 업무 관련 교육을 받는다. 교재 청구하는 방법을 비롯해 진도그래프 작성 방법과 입회와 퇴회 서류 작성, 월별학습상담기록부 작성, 테스트지 활용 방법 등 전반적인 업무에 대해 배운다. 물론 연수원 신입교육에서 받았지만 손이 익게 확실하게 받는다. 기존 회원 자료를 가져와 진도그래프를 그리고, 입회서류도 작성하고, 그리고 교재 표지도 실제로 써본다. 변 지구장은 연우가 교재 공부도 할 수 있게 한다. 수재 학습지 견본교재들을 단계별로 구해준다. 그는 연우에게 전 교재를 확실히 마스터하라고 한다. 교사가 잘 모르고 지도한다는 불만이 고객으로부터 연락 온다면서.

"휴일엔 뭐해요?"

변 지구장이 연우에게 묻는다. 휴일에 홍보 활동을 시키려고 묻는가 해서 연우는 긴장한다. 휴일만큼은 지국에 안 나오고 집에서 쉬고 싶다.

"여자친구랑 데이트 하나요?"

"그건 아니지만 나름 바쁘게 보냅니다."

"휴일에 시간 좀 내 봐요."

"뭐 할 일이라도 있으신지……."

"회사 일은 아니구요, 한 번 시간 내서 우리 교회에 오세요."

"아, 네……."

휴일날 사무실에 출근하는 게 아니어서 우선 안도한다. 그런데 교회에 나오라니, 저번에 교회 이야기를 꺼냈을 때

그냥 하는 말인 줄 알았는데…….

"교횔 나와야 입회도 잘 할 수 있어요."

"네?"

"교회 나와 신도를 사귀는 게 입회의 한 방법이에요. 내가 팁으로 알려주는 거예요."

연우는 말없이 고개를 끄덕인다.

*

"어때, 변 지구장? 새로 오신 오연우 선생님……."

지국장은 결재란에 도장을 눌러 찍고 서류철을 변 지구장에게 돌려준다. 지국장 책상 위에는 액자가 있다. 연간 목표와 휴회율과 입회율을 몇 프로 달성하겠다는 문구가 적힌 사명선언문의 액자.

"사람이 얌전한 거 같습니다. 예의도 있구요."

"그런 거 같지?"

"네. 요즘 젊은 사람 같지 않게 언행이 진중합니다. 너무 튈려구 하지도 않고 그렇다고 소심하지도 않아요. 묻는 말에 잘 대답하고, 모르는 게 있으면 저한테 적극적으로 묻기도 합니다."

"교재 공부는 열심히 하나?"

"네, 아주 열심이에요."

"다 좋은데, 끼가 좀 부족한 거 같아. 애들과 소통하려면 끼가 좀 있어야 하는데 말이야."

"네, 좀…….."

"끼가 있어야 영업도 잘 하고 애들도 잘 따라. 애들은 끼 있고 재미있는 선생님을 원하니까."
"그거야 그렇지요."
"물론 젊은 사람이니까 우리보다야 훨씬 낫겠지만……."
"그럼요. 우리야 아무래도 애들하고 소통이 잘 안 되죠."
"사실 지금 찬밥 더운밥 가릴 처지는 아니지."

*

지국장과 변 지구장, 그리고 연우는 소파 탁자에 둘러앉는다. 지국장은 앞에 앉고, 연우와 변 지구장은 옆에 마주 보고 앉는다.
"오 선생님, 우리랑 같이 일할 거죠?"
지국장이 연우에게 묻는다. 연우는 그것이 무슨 말인가 해서 지국장을 쳐다본다. 그러나 곧 알아차리고,
"아, 예."
하고 고개를 끄덕인다. 연수원 신입교육을 마쳤기에, 연우는 이제 학습지 교사가 되었다고 생각했다. 그러나 아직 아닌 모양이었다.
"우린 오 선생님과 일하고 싶어요."
지국장은 연우에게 A4 용지 크기의 종이를 두 장 건넨다.
"회사와 계약해야 수재교육 학습지 교사가 됩니다."
연우는 받아든 종이를 읽어 본다. 제목이 '위탁사업계약서'다. 작은 글씨로 씌여져 있고, 갑과 을이란 말과 각 조항들이 있어 형식이 근로계약서와 같다. 앞부분에 있는 지위에

관한 조항이 눈에 들어온다. 을은 갑의 내규에 정한 고용된 사원이 아니라, 독립된 지위를 갖고 갑이 위탁한 회원의 관리 활동 및 모집에 따라 수수료를 지급 받는 자유직업 소득자라는 것, 이 말은 학습지 교사는 근로자가 아님을 뜻한다. 근로기준법에 적용을 받을 수 없는 비노동자라는 것, 그렇게 되면 노동자에게 주어지는 모든 보장과 혜택이 차단된다.

 지국장은 또 한 장에 서명을 요구한다. 그것은 산재대상 포기신청서다. 방문교사는 자차로 이동하는 경우가 대다수인데, 근무 중에 어떤 사고가 나더라도 회사 측에서 책임지지 않겠다는 의지의 표현이다. 그리고 사업주가 산재보험료를 부담하지 않으려고 하는 꼼수다. 연우는 새삼 가진 자의 힘이 느껴진다. 가진 자의 오만과 독선이……. 연우는 울며 겨자 먹기로 서명한다.

 4.
 "오 선생님!"
 회원 명단을 들여다보고 있는데, 변 지구장이 연우를 부른다. 연우는 고개를 위로 든다.
 "인사하세요. 오늘 교실 인수인계 해주실 강명자 선생님이에요."
 변 지구장 옆에는 여자가 서 있다. 순간 연우는 몸이 뻣뻣하게 굳는다. 놀라긴 여자도 마찬가지로 환했던 얼굴이 흐려진다. 이상한 기류를 감지했는지, 변 지구장이 서로 아는 사이냐고 묻는다. 연우는 속으로 한숨을 내쉰다. 여자는 저번에 지국 빌딩 지하 주차장에서 사고 날 뻔했던 차 주인이다.
 변 지구장은 연우에게 그녀를 소개했다. 그녀는 지국에서 십년 넘게 근무한 고참 교사라는 것, 지국탑은 물론 사업국 탑을 여러 차례 한 최우수 교사라는 것. 연우는 저번 일에 대해 강명자 교사에게 미안함을 전했다. 한 공간에서 같이 지낼 사이고, 또 선배 교사라 먼저 고개를 숙여야 했다.

 강명자 교사에게 인수인계 받을 교실은 아파트 지역. 그녀는 일을 그만 두는 것이 아니었다. 교실이 불어나 연우에게 빼주는 것이었다. 연우는 그녀와 함께 교실을 돌았다. 교실을 도는 동안 그녀는 사무적인 태도를 취했다. 회원에 대한 이야기만 했다. 그것도 감정이 없는 목소리로. 그러나 회원과 회원모를 만나면 그녀는 다른 모습을 보였다. 더할 수 없이 밝고 친절한 모습을.
 고참 교사답게 그녀는 수업을 깔끔하게 진행했다. 한 과목당 10분이지만, 그 시간에 많은 것들을 해냈다. 학습지를 점검하고, 개념을 짚어주고, 그리고 학습 상황을 체크했다.

*

 연우는 다른 여자 교사한테도 교실을 받았다. 그녀는 일을 그만 두는 교사였다. 그녀에게 받은 교실은 4개 교실, 지역으로는 3개 지역이다. 아파트 지역과 주택 지역, 그리고 빌라 지역. 그녀는 연우와 함께 교실을 돌며 회원의 특성과 회원모의 성향을 말해주었다. 그리고 관리 지역인 M동에 대해서도 이야기해 주었다. M동은 아파트 단지와 주택가와 학원가가 몰려 있는 곳으로 나뉘며, 교육열이 높고 정보가 빠른 곳이라고 했다. 그렇기 때문에 회원모의 입맛을 맞추기가 까다롭다고 했다.

연우는 M동 하면 먼저 학원가가 떠올랐다. 많은 초·중·고 전문 학원들이 있는 학원 밀집도가 높은 지역으로 주요 학원들은 도로변 양쪽에 있고, 대형 학원은 역 부근에 형성되어 있었다. 이들 학원에는 영재 교육원, 명문대 대비반 등이 개설되어 있었다. 이외에도 오피스텔을 중심으로 그룹 과외가 성행했다. 종합학원, 과목별 전문학원, 개인지도 등 많은 사교육의 형태가 공존하는 지역이 또한 M동이었다.

학원 밀집가다 보니, M동은 학생들을 중심으로 한 상권이 발달되었다. 학생들이 좋아할 만한 식당과 학생 및 부모를 위한 카페가 있고, 거리에는 패스트푸드 등 먹거리가 많았다. 남다른 교육열과 아이를 키우기에 좋은 동네라, 중산층 인구가 주로 포진해 있고 아파트 중심의 상권이 형성되었다.

인수인계를 마치던 날, 퇴사자인 그녀는 연우에게 고백하듯 말했다.

"참, 광고라는 게 대단한 거 같아요. 난 수재교육 광고에 나오는 반듯한 선생님의 모습에 혹해 들어왔거든요. 생각해 보니 짤막한 꿈을 꾼 거 같아요."

*

 연우는 전날 잠을 자지 못했다. 수업 준비를 위해 밤새워 교재를 보았다. 연우가 하루 지도할 과목은 20여 과목. 한 명의 회원이 복수의 교과목을 공부하기도 해서 회원 수로 따지만 20명이 안 되지만, 대상이 유아부터 고등학생까지 연령대가 다양하고 과목도 서로 다르고, 또 같은 학년이라도 회원에 따라 진도가 달라 교재를 다 보아야 했다. 더구나 일어와 중국어 회원도 있어 발음 공부도 해야 했다.
 연우는 아침에 지국에 출근해 회원들에게 줄 교재를 정리했다. 종이가 점차 사라지는 전자책 시대에 교재를 가져가고, 전산작업과 물류작업이 발달했음에도 회원별로 일일이 교재를 챙겨야 했다. 자료와 부교재까지 챙기자 가방이 무거웠다. 차가 없다면 들고 다니기 힘들 것이라는 생각이 들고, 누가 보면 영업사원으로 볼 것 같았다.
 방문할 교실은 강명자 교사에게 인수인계 받은 아파트 지역. 지하 3층 지상 15층 8개 동으로 구성된 아파트였다. 아파트 대지가 넓어 단지 구성이 다른 곳에 비해 넓었다. 전임 교사가 워낙 탄탄하게 다져놓은 데라 연우는 더 긴장이 되었다. 사실 어느 지역을 받았느냐와 전임 교사가 누구냐에 따라 실적은 달라진다. 같은 아파트라도 회원과 회원모가 까다로운 곳이 있고, 그렇지 않은 데가 있다. 그런가 하면 전임 교사가 잘해서 관리에 어려움이 있고, 반대로 관리를 못해 회원과 회원모의 반응이 좋은 데가 있다.

회원이나 회원모에게 초보교사로 보이면 어쩌나 했는데, 그러한 우려는 현실로 나타났다. 초보교사 티가 났는지, 겨우 일곱살배기 여자아이가 불만을 표했다.

"이 선생님, 너무 못 가르쳐!"

여자아이는 수업 끝나자 뛰쳐나가며 소리쳤다. 물론 거실에는 어머니가 앉아 있었다. 첫 만남이라 가득이나 평가하려는 눈빛이었는데, 못마땅한 표정이었다. 진우는 어디 쥐구멍이라도 있으면 숨고 싶었다.

다음 수업에서도 비슷한 상황이 이어졌다. 역시 초등학교 남자아이가 연우에게 톡 쏘듯이 말했다.

"저번 선생님보다 못해!"

다행히 회원 어머니가 워킹 맘이어서 집안에는 아이 혼자였다.

"뭐가 못하는데?"

연우는 애써 웃으며 아이한테 물었다.

"다 못해요. 저번 선생님은 잘 가르치고, 잘 웃고 또 선물도 주었는데……."

연우가 남자인 것도 불리하게 작용을 했다. 사회 인식 상 낯선 남성은 여성이나 어린이에게 불안감의 대상이었다. 학습을 떠나 집안에 성인 남자가 들어온다는 것 자체가 꺼려지는 일이었다. 연우는 이해했다. 뉴스를 보면 흉악 범죄가 판을 치고, 그 범인들은 대부분 여자가 아닌 남자였다. 그전과 달리 범죄는 다양해져 얼굴 이미지와 직업, 학력 등과 무관했다. 마음씨 좋아 보이는 이웃집 아저씨가 살인자가 되고,

어느 날 20대 젊은이가 폭력자로 돌변한다.

    첫 수업을 마치고 돌아오는 길, 긴장이 풀려 온몸에 기운이 빠졌다. 다리가 후들후들거렸다. 하루종일 정신을 놓고 돌아다니다 이제야 깨어났다는 생각이 들었다. 수아가 갑자기 떠올랐다. 수아는 차도 없이 교실을 돌았다. 그동안 수아는 얼마나 힘이 들었을까.

5.
"짐이 이게 다야?"
    연우는 바닥에 있는 짐을 물끄러미 내려다본다. 짐들은 다 정리가 되어 가방과 박스 안에 넣어져 있다. 혼자 살아 많지 않겠지만, 그래도 이삿짐치고는 적은 편이다.
"많았는데 다 버렸어."
    수아는 한숨을 내쉬며 말한다.
"버렸다구?"
"가져가고 싶어도 방이 작아 가져가질 못해. 책은 폐지 줍는 할머니한테 줘 버리고 나머지 것들은 그냥 내버렸어."
    연우는 원룸을 둘러보았다. 전체적으로 밝은 화이트 톤으로 도배가 깔끔했다. 방과 주방시설 그리고 화장실이 딸려있는 형태로, 혼자 숙식을 해결하기에 적당하다. 옵션으로 에어컨과 세탁기, 냉장고, 인덕션이 있으며 또 옷장도 있어서 사계절 옷 수납이 가능할 것 같다.
"원룸이 살기엔 좋은데······."
    연우는 수아의 눈치를 보며 혼잣말처럼 말한다.

"그렇긴 하지. 근데 원룸은 보안이 좀 취약해. 가끔 누가 문을 두드리는 일이 있고 또 내 방은 아니지만 다른 방에 도둑이 들었던 적도 있어. 그땐 정말 무서워 이불을 뒤집어쓰고 울었어. 게다가 주인은 연락해도 답변이 빨리 안 와. 월세 이야기할 땐 칼같이 답장이 오는데……."

트렁크에 짐을 싣고 차 뒷좌석에도 싣는다. 작은 차인데도 짐이 얼마 없어서 다 들어간다. 떠나기 전에, 원룸 건물 앞 카페에서 카페라테를 마셨다. 나중에 들은 얘기지만, 원룸을 나올 때 수아의 수중에는 단돈 이만원이 전부였다고 한다. 원룸 보증금은 이미 써버린 상태였다.

고시원은 지국과 가까웠다. 대로변이 아니고 골목에 있었다. 약간 으슥한 곳에 위치했다. 오가는 사람이 별로 없고, 작은 공원이 있었다. 수아가 입주한 곳은 옛날 고시원이었다. 엘리베이터도 없어 짐 들고 5층까지 올라가야 했다. 요즘 고시원은 원룸식으로 된 곳이 많다. 이른바 ~고시텔, ~리빙텔, ~레지던스, ~하우스, ~빌, 이런 식으로 이름이 붙어 있는 곳이다. 이런 고시원은 방안에 샤워룸이 마련되어 있다. 물론 면적이 협소해 원룸의 화장실보다는 못하지만.

역시 나중에 알게 된 것이지만, 수아가 고시원에 온 것은 보증금 때문이었다. 그때 수아는 목돈이 필요했고 월세도 상당히 부담이었다. 고시원은 보증금 같은 게 필요 없고, 월세도 저렴하며 관리비와 공과금은 입실료에 포함되었다. 더구나 간단한 반찬과 밥, 라면을 무료로 제공해 주었다.

총무로부터 고시원 생활에 대한 안내를 듣고 열쇠를 받아 방에 들어갔다. 고시원 방은 1평 남짓했다. 창문 하나 없고, 30센티 정도의 복도를 사이에 두고 방이 다닥다닥 붙어 있었다. 화장실과 부엌을 쓰려면 무조건 방 밖으로 나가야 하고, 떡진 머리를 한 채 다른 입주자와 마주쳐야 했다. 고시원에는 에어컨도 없다. 침대도 없고 냉장고도 없고 옷장도 없다. 옵션은 책상과 TV뿐. 그것도 연우가 군에서 보았던 TV다. 세상은 새로운 6G 미래로 향하는데, 수아는 2G 과거로 돌아가고 있었다.

짐을 풀기 전에, 방 청소부터 했다. 연우도 같이 도왔다. 방안에 있는 먼지를 일일이 다 크린 롤러로 없앴다. 그런 다음 걸레로 방안 구석구석 닦았다. 더러운 게 가시지 않아 닦고 또 닦았다.

막상 짐을 풀어놓자, 방안이 꽉 찼다. 두 사람 앉아 있기에도 벅찼다. 수아는 서두르지 않고 짐 정리를 했다. 쌓아둘 것은 쌓아두고, 빗자루나 쓰레기통 같은 것은 한쪽에 놓았다. 방이 좁아 움직이기도 어려웠다. 책상 정리를 완료하고, TV도 다른 곳에 다시 배치했다.

고시원 방에서 수아와 술을 마셨다. 옆방에서 통화하는 소리가 벽을 타고 전해져 왔다. 벽이 없다고 할 정도로 뚜렷했다. 꼭 그것 때문이라고 볼 수 없지만, 그날은 유쾌한 술자리가 아니었다.

6.

연우는 사랑교회 앞에 서서 고개를 든다. 교회 건물은 어마어마하게 크다. 고딕풍의 건물로 높이 솟아 웅장한 모습을 하고 있다. 중세 유럽의 전형적인 교회 양식으로, 십자가를 안 보아도 교회임을 알 수 있는 외관이다.

1층에는 현금 자동 지급기가 마련되어 있다. 헌금할 수 있는 기능도 있는데, 사람들이 길게 줄을 서고 있다. 건물 안에는 에스컬레이터도 보인다. 에스컬레이터 앞에도 사람들이 많다. 예배 보러 온 것인지, 회사 사무실에 일하러 온 것인지 헷갈린다. 성경책 든 사람도 눈에 띄지 않아, 여기가 교회라는 생각이 들지 않는다. 연우는 문득 자신이 교회에 들어가기에는 부적격이라는 생각이 든다. 교회 경비 아저씨가 옷차림을 보고 내쫓지 않을까 염려 된다.

연우는 변 지구장에게 전화해 본다. 신호가 두 번 울리자 전화를 받는다. 그는 이미 교회에 와 있고 얼마 후, 환한 표정으로 나타난다.

"아이구, 시간을 정확히 맞춰 왔군요."

변 지구장은 정치인처럼 연우의 손을 덥석 잡는다. 그는 교회에 오래 다닌 모양이다. 높은 직책은 아니더라도 교회에서 뭔가 비중 있는 일을 맡고 있는 듯하다. 그와 잠시 있는데도 많은 사람들이 그를 알아보며 인사한다. 어린아이부터 나이 드신 노인에 이르기까지. 특히 여자들이 다가와 그에게 웃으며 아는 체한다. 그는 그때를 놓치지 않고 그들에게 연우를 소개한다. 자기와 함께 일하고 있는 학습지 교사라고,

자신이 인도해 오늘 예수님 품안으로 오게 되었노라고.

예배당은 어느 공연장 못지않은 시설을 갖추고 있다. 마치 음악회에 온 것 같다. 넓은 공간에 장의자가 나열되어 있고, 회중석과 가까운 강단이 있다. 강단 벽면은 예배 보며 스크린 빔으로 활용할 수 있도록 하고, 강단 옆으로는 캐나다산 대형 파이프 오르간이 교회의 위풍을 돋보이게 한다.

처음 교회에 나와 연우는 그저 어색하기만 하다. 생판 알지 못하는 사람 집에 와 있는 것 같다. 연우는 손에 든 주보를 본다. 주보에는 예배 순서와 나열된 사역자와 장로, 성도들의 헌금 명단, 각종 행사로 메워진 광고란이 있다. 지금 교회도 규모가 대단한데, 또 교회를 짓는 건가. 다른 한쪽에 새 성전 입당 헌물 목록이 나와 있다.

찬양팀이 올라와 찬양을 시작한다. 백여 명 정도의 찬양대원, 오십여 명의 합주단, 웅장하고 장엄한 음향 시설과 풍부한 음량, 소리의 울림과 공명은 대단하다. 예배는 시작한다는 말도 없이 시작된다. 키가 크고 잘 생긴 담임 목사님이 등장한다. 교회 안에 편의시설과 교육 시스템도 잘 구비되었으니, 사람들이 몰릴만하겠다는 생각이 든다.

예배가 끝나고 연우는 변 지구장과 같이 지하에서 국수를 먹었다. 그리고 그날 많은 교인들을 변 지구장으로부터 소개받았다.

*

9시에 출근하면 사무실은 늘 썰렁하다. 넓은 사무실에 빈 자리만 가득하고, 책상 위에 물건들만 널려 있다. 아침에 출근하는 사람은 늘 같다. 지국장과 지구장들과 여직원, 그리고 연우를 포함한 신입 교사들. 신입 교사들은 각 지구에 한 명씩 있다. 1지구에는 입사 6개월째 되는 40대 여자가 있고, 3지구에는 4개월째 되는 30대 여자가 있다. 신입 교사들은 조용히 앉아만 있다. 자리가 떨어져 서로 이야기도 못 나눈다.

　출근하면 지구장들은 각자 업무 보기에 바쁘다. 1지구장은 2지구장과 달리 몸이 옆으로 퍼져 있다. 그는 스트라이프 셔츠를 입고 있지만, 단추 두 개를 풀고 있다. 3지구장은 여자다. 그녀는 얼굴이 검고 넓적하다. 눈꼬리는 위로 올라가고, 입술 주위 또한 거뭇거뭇하니 어두운 편이다. 지구장들이 오면 사무실은 소란하다. 자기 소속 교사들에게 전화를 해댄다. 전화해 그들은 묻는다. 신규 회원의 입회 여부에 대해. 없다고 하면 냉냉하게 끊고, 있다고 하면 반색하며 톤을 높인다.

　연우는 전임 교사에게 받은 자료를 본다. 거기에는 연우가 관리해야 될 회원들의 개인 정보가 들어 있다. 교실별로 나뉘어져 있는데 회원명과 성별, 나이, 학년, 주소와 연락처, 진도, 특성, 특이사항까지 기록되어 있다. '특성'에 대해서는 교재가 밀린다든지 집중력과 이해력이 부족하다든지 하는 학습 상태에 관한 것이다. '특이사항'은 현재 다니고 있는 학원과 성격, 취미활동, 집에 있는 시간 같은 것이 씌여 있다.

'학부모 정보란'도 있는데 그것은 학부모에 관계된 것. 학부모의 직업과 직장명, 연락처, 성향 등이 간단하게 기재되어 있다.

연우는 노순표도 본다. 교실별로 다르긴 하지만, 대부분 오후 2시부터 수업이 시작된다. 아파트 지역은 한 과목에 대체적으로 20분 간격으로 집을 이동하게끔 짜여져 있다. 그러나 주택 지역은 한 과목에 40분 간격으로 이동하도록 되어 있다. 그래서 똑같은 과목수인데도 아파트 지역보다 주택 지역 교실이 늦어져 밤 열한 시 넘어 수업을 마친다. 노순표 상으로는 교사의 쉬는 시간이 없다. 단, 1분의 빈 시간도 없다. 어지러울 정도로 수업 시간만 처음부터 끝까지 이어져 있다.

연우는 회원 이름을 외운다. 그러나 쉽지 않다. 얼굴과 이름이 매치 되는 회원은 손꼽을 정도다. 기억나는 아이 얼굴을 떠올려도 그 아이가 아파트 지역 아이인지, 주택 지역 아이인지 헷갈린다. 또 어느 요일에 방문하는 아이인지도 마찬가지다. 이 아이가 저 아이 같고, 저 아이가 이 아이 같다. 연우는 가방에서 수첩을 꺼낸다. 수첩에도 회원의 개인 정보가 있어야 할 것 같다. 어느 때고 자유롭게 볼 수 있게, 그리고 수업하며 얻은 정보가 더해질 필요가 있다.

*

"오연우 선생님, 이거 받아요."
변 지구장이 포장이 된 물건을 연우에게 준다.
"그거 한 번 열어봐요."

물건은 깔끔한 케이스에 담겨 있다. 케이스를 열어보니 더스트 백에 가방이 들어 있다.
"어때요, 맘에 드나요?"
그것은 가죽가방으로 고급스러운 느낌이고, 컬러가 블랙이어서 세련된 느낌도 든다. 각이 잡혀 후줄근해 보이지도 않고 전반적으로 깔끔한 비주얼이다.
"좋은데요."
"그래요. 그럼 그거 쓰세요."
"네?"
"보니깐 가방이 너무 낡은 거 같아요. 학습지 교사 가방으로 쓰기에도 좀 그렇구······."
연우가 가지고 다니는 가방은 대학 때 쓰던 것이었다. 캐쥬얼 정장에도 잘 어울리게 디자인 된 백팩 가방이었다. 그것은 섹션이 나누어져 정리를 쉽게 할 수 있었다. 노트북 전용 수납공간이 있어서 다른 물건들과 부딪혀 흠집이 나거나 망가지는 일이 없도록 보관할 수 있었다. 보조 수납공간에는 물건에 맞게 맞춤형으로 편리하게 수납이 가능했다. 그러나 오래 써서 변색이 되고 모서리 같은 데가 많이 헤졌다.
변 지구장이 준 가방은 백팩이 아니라 열고 닫는 것이 편했다. 물건을 꺼내고 넣고 하는 것도 쉬울 듯했다. 가방끈은 벨트형 버클이라 안쪽을 보면 길이 조절이 가능했다. 그래서 토트백처럼 들고 다닐 수 있고 숄더백 형식으로 어깨에 매고 다닐 수도 있었다. 가방은 수납공간이 통으로 되어 교재와 도구들을 넣기도 좋았다. 앞쪽에는 수납공간이 용이하게 제작되어 휴대폰과 지갑, 수첩, 펜 등을 수납할 수 있었다.
"잘 쓰세요, 내가 주는 선물이니까."
"감사합니다."
"웬일이야, 변 지구장이……."
옆에 있던 1지구장이 의아한 표정을 짓는다.
"명품 가방이네. 이걸 오연우 선생님한테 주는 거야?"
"응."
"이런 거 다른 선생님들한텐 주지 않았잖아?"
둘이 또 티격태격할 조짐을 보인다.
"주면 안 돼?"
"이상해서 그렇지."
"이상한 것도 참 많다."
"비싼 거 같은데 왜 주냐고?"
"주는 건 내 맘이야."
"오연우 선생님?"
1지구장이 연우를 부른다.
"네, 지구장님."
"변 지구장이 오연우 선생님을 좋게 본 모양이네요. 다른 선생님들에겐 그런 거 안 줬어요. 아이들 쓰는 문구류나 줬지……."
1지구장은 웃으며 연우를 바라본다. 그의 눈에는 장난기가 깃들어 있다.
"오연우 선생님!"
이번에는 변 지구장이 연우를 부른다.

"이거 그냥 주는 거 아니에요. 그 가방에 테스트지 많이 받아오라구 주는 거예요."

"그럼 그렇지, 저 사람이 그냥 줄 리가 없지. 결국 신입 선생님한테 입회 많이 하라고 주는 거였구먼."

*

매주 월요일은 지국회의가 있는 날. 지국 소속의 교사들이 하나 둘씩 교육실에 모여든다. 교육실 바닥은 엑세스플로어로 시공되어 깔끔하고, 긴 창으로 햇빛이 들어 답답하지 않다. 삼십 명 넘게 앉을만한 책상과 의자가 있고, 벽면을 따라 책장을 놓아서 서류를 정리해 놓기 편하게 만들어져 있다. 앞쪽에는 화이트보드가 있는데, 그것을 열면 프레젠테이션과 교육에 활용될 TV가 그 안에 있다.

"이거 하나 드세요."

누가 뒤에서 비타민 드링크를 건넨다. 돌아보니, 서정희 교사가 환하게 웃고 있다. 그녀는 지국에서 가장 나이 어린 교사로, 연우가 맡은 주택 지역과 인접한 곳을 관리하고 있다. 수업하는 날도 같아 거리에서 만나기도 한다. 보면, 그녀는 여유가 있었다. 시간에 쫓겨 헐떡대며 교실을 도는 연우와 달리 느긋했다. 거리에서 처음 보았을 때도, 그녀는 연우에게 먹을 것을 주었다. 핫브레이크였다.

교사들이 모이자 교육실은 자리가 꽉 찬다. 교육을 시작하기 전에 다 같이 구호부터 외친다. 변 지구장이 구호를 유도한다. 그는 이번 달 목표 100프로 이상을 제시하며 큰 소리로 구호를 선창한다.

"우리는 한다. 반드시 한다. 될 때까지 한다."

주먹을 쥐며 교육실이 떠나갈 듯이 모두 따라 외친다. 각종 공지사항을 전달하고, 국어 과목에 대한 화상 교육이 진행된다. 수재국어와 국어 교과서에 대한 강의다. 연우는 집중해서 듣는다. 강사가 앞에 나와 직접 설명을 하는 것보다 강의가 귀에 쏙쏙 들어온다. 다른 교사들도 진지한 자세로 다이어리에 메모를 한다.

화상 교육이 끝나고, 지국장 교육이 이어진다. 지국장은 현재 우리 지국의 어려움을 토로한다. 전국 입회 달성률 상위권을 달리던 지국이, 현재 사업국 내에서 하위권으로 밀려났다고 한다. 지국장은 이대로 주저앉을 수 없지 않느냐고 한다. 예전의 명성을, 활기 넘치는 지국을 되찾자고 한다.

변 지구장이 나와, 교사들에게 다시 최면을 건다. 그를 따라 모두 구호를 외친다.

"우리는 한다. 반드시 한다. 될 때까지 한다."

*

아침에 출근하니 사무실이 달라져 있다. 어제 교실 수업 나가기 전만 해도 아무렇지 않았는데, 다른 사무실에 온 것 같다. 연우는 멍하니 천장을 올려다본다. 천장에는 풍선이 매달려 있다. 긴 끈을 줄줄이 늘여놓고 거기에 풍선을 매달아 놓고 있다. 그것도 일정한 간격으로, 색이 고루 배열이 되게. 풍선은 입구에서 끝까지 가득하다. 천장이 풍선으로 도배가 되어 마치 알록달록한 연등을 보는 것 같고, 프로포즈하기 위해 꾸민 공간에 와 있는 듯하다.

아이를 입회하면 교사에게 풍선 하나를 터트릴 수 있는 자격이 주어진다. 입회가 둘이면 풍선 두 개를, 입회 다섯이면 풍선 다섯 개를 터트릴 수 있다. 풍선 속에는 다양한 상품이 들어 있다. 돈도 들고 문화상품권, 도서상품권, 사전, 인형, 장난감 등 갖가지 것들이 담겨 있다. 물론 종이에 상품 이름을 써서 풍선 속에 넣은 것이다.

그것은 교사들을 위한 인센티브였다. 이번 달 지국 목표 달성을 위해 나름 재밌게 아이디어를 냈다. 지구장들은 교사들에게 풍선에 보물이 들어 있다고 선전했다. 입회를 해서 보물을 가져가라고 했다.

"변 지구장님, 이번 주 토요일에 우리 홍보해요. 우리 지구가 일등해야 되잖아요."

2지구의 최고의 전사, 강명자 교사다. 지구장이 말을 꺼내기도 전에 그녀가 선수를 친다. 연우는 좀 어이가 없다. 지구장이 번연히 있는데도 마치 자기가 관리자인 것처럼 행동한다. 물론 그녀는 2지구 최고참 교사다. 그런 만큼 지구장과 관계가 깊고, 옆에서 지구장 일을 많이 도와준다.

그녀의 의견에 누구도 토를 달지 않는다. 아무렇지 않은 듯 담담한 태도를 취한다. 연우는 그것도 이상하게 생각한다. 강명자 교사의 파워가 세서 그런지, 이런 일들이 습관처럼 베어서 그런 것인지. 전에도 느꼈지만 업무는 실력 있는 교사 위주로 돌아간다. 가만히 보면 지구장이 그런 권한과 책임을 그들에게 부여해 준 것 같다. 교사들 스스로 문제를 짚고 처리하도록 하고 지구장은 뒤로 빠지는 것이다. 물론 자신이 나서야 될 일은 직접 나선다. 가만히 방관하지는 않는다. 뒤로 빠질 일은 빠지고 나서야 될 일은 나서고, 그런 것이 교사들을 다루는 변 지구장의 전략인 듯하다.

"일등 해야죠. 단합 차원에서도 한 번 해봅시다!"

변 지구장이 강명자 교사 말에 힘을 실어준다. 꼭 둘이 짜고 치는 고스톱 같다.

"2지구의 저력을 우리 보여줘요. 그래서 옛 영광을 되찾아 보자구요!"

강명자 교사는 힘주어 말한다. 그리고 홍보할 장소와 시간에 대해 교사들에게 묻는다. 서로 눈치를 보다가 교사들은 그제야 입을 열기 시작한다.

*

말로만 들었던 퇴회. 관리자들이 제일 싫어하는 것이 회원의 학습 중단이며, 이는 교사 입장에서도 퇴회가 됨으로써 수수료율이 낮아지기 때문에 제일 신경 쓰는 부분이다. 퇴회는 1개도 아니고 무려 5개다. 퇴회가 발생한 곳은 아파트 지역, 그곳은 강명자 교사에게 받은 교실이다.

처음에 연우는 그 교실에 대해 알지 못했다. 아파트 지역은 그저 좋은 곳으로만 알고 교실을 잘 받는구나 생각했다. 아파트 지역은 동선이 짧고 회원의 수준이 높아 누구든 선호하는 교실이었다. 나중에 알게 된 일이지만 강명자 교사에게 받은 교실은 여러 문제가 있었다.

그 교실은 장기 회원이 많았다. 학습지의 주 타깃은 유치원생들과 초등 저학년, 많게는 초등 고학년이 대상이다. 학습지를 삼사년 했다면 그 회원은 퇴회할 확률이 높다. 학습지가 학습 능력 성장에 한계가 있음을 회원모가 아는 것이다. 또 전과 같지 않고 요즘은 학습 매체가 얼마나 많은가. 그 교실 회원들은 기본적으로 학습을 삼사년 했다.

다음은 중등 회원과 고등 회원이 많았다. 중등 회원과 고등 회원은 퇴회 확률이 높다. 학교 수업과 과제로 시간이 부족하고 학원의 유혹이 많다. 학습의 중요한 연령에 학습지가 교과실력을 충족시켜 주기는 현실적으로 어렵다. 휴회가 난 것도 중등 회원과 고등 회원에서 발생했다.

또 강명자 교사가 실력파 교사라는 점이다. 인수인계 받은 교실은 어느 교사가 관리했느냐에 따라 좋고 나쁘고가 결정 된다. 전임 교사가 관리를 잘한 지역이라면 퇴회가 많고, 관리를 못한 교실이라면 인수자에게는 기회가 된다.

연우는 강명자 교사에게 감쪽같이 속았다는 생각이 들었다. 그녀에게 배신감이 느껴질 정도였다. 그런 교실을 받게 한 변 지구장에게도 화가 치밀었다. 뒤에 안 일이지만 퇴회도 인수인계 받기 전에 난 것이었다. 회원모들은 이미 강명자 교사에게 퇴회 의사를 밝혔고, 그녀는 한 달 뒤로 퇴회를 유도했다.

"뭐라구요?"
퇴회가 난 개수를 말하자 변 지구장은 눈을 크게 떴다.
"뭡니까, 정말? 뭔 휴회가 그렇게 많이 나요! 교실을 대체 어떻게 관리한 거예요?"
그는 목소리를 높였다. 연우에게 처음으로 높인 목소리였다.
"죄송합니다."
연우는 죄인처럼 고개를 수그렸다.
"선생님도 잘 아시잖아요, 지금 인센티브 기간이라는 거. 순증을 해도 모자랄 판에 휴회라니, 그것도 다섯 개씩이나……. 신입이라 난 선생님한텐 순증하란 말은 안 했어요. 신입이라 부담주고 싶지 않아서……. 대신, 퇴회 관리나 잘 해주길 바랐어요. 많이 노력하는 거 같아 내가 믿은 바가 있었구……. 근데 이게 뭡니까? 회원모 만나 다시 설득해 보세요!"
연우는 퇴회하겠다는 회원모들에게 전화했다. 수재교육의 우수한 학습시스템을 설명하고, 신입 교사지만 학습 능력이 향상되게 최선을 다해 지도하겠다고 했다. 그러나 수재교육 학습시스템은 회원모들이 더 잘 알고 있고, 신입 교사의 학습 관리는 신뢰하지 않았다.

연우는 다시 변 지구장에게 말했다. 설득해 보았지만, 소용이 없었다고.

"이번 달도 망했군! 이번 달엔 지국도 지국이지만, 우리 지구가 일등 좀 하려구 했는데……."

변 지구장은 한숨을 내쉰다.

"어떻게 할 거예요?"

"무얼……."

"설마 이걸 다 내겠단 말은 아니죠?"

"네?"

"이거 다 내면 정말 민폐 끼치는 거예요. 우리 지구 선생님들한테……."

"그럼 어떡해요?"

"어떡하긴 뭘 어떡해요!"

그는 버럭 화를 낸다.

"휴회 나면 어떻게 해야 된다는 거 못 들었어요?"

"……."

"인수인계 받은 첫 달이니까 내가 세 개는 받아줄께요."

"나머지 두 개는요?"

"그건 선생님이 갖고 있어야죠."

그는 아무렇지 않게 말한다.

"내가요?"

"그럼 내가 갖고 있을까요?"

그의 말투는 싸늘하다. 말투만 그런 게 아니고, 얼굴색도 변해 있다. 그동안 연우에게 보였던 모습은 찾아볼 수 없다.

7.

 티브이를 켜고 채널을 돌리는데, 영화 채널에서 호러 영화를 해준다. 아무것도 하기 싫어 그냥 영화나 보기로 한다. 영화의 한 장르가 되다시피한 좀비 영화인데, 불 끄고 누워 편안하게 본다.

 어느 날, 여자는 좀비에게 남편이 죽는 광경을 목격한다. 그러나 남편은 다시 살아나 아내를 공격하고, 여자는 급히 집 밖으로 뛰쳐나온다. 하지만 집 밖에도 이미 같은 상황이 펼쳐지고 있다. 알 수 없는 원인으로, 이상하게 변한 사람들이 인간을 물어뜯어 공격한다. 세상은 좀비들로 가득하다.
 좀비가 된 사람이 다른 사람을 물면, 그 사람이 좀비가 돼서 다른 사람을 물고, 이런 감염 방법으로 급속도로 퍼져 나간다. 하지만 이전 영화와 달리 좀비들은 느리지 않고 빠르다. 달리기 선수처럼 움직여 긴장이 된다.
 여자는 도망쳐 한 쇼핑몰로 피신한다. 그러나 인간들의 마지막 도피처라고도 할 수 있는 이 쇼핑몰도 안전지대가 될 수 없다. 쇼핑몰 자원을 두고 인간끼리 서로 싸우기 때문이다. 좀비들이 쇼핑몰로 몰려오자, 사람들은 또 다른 도피처를 찾기 위해 탈출을 시도한다.
 그들이 향한 곳은 무인도. 그러나 무인도인 줄 알았던 섬에서 좀비들이 우르르 쏟아져 나온다.

 영화를 보고 나서, 연우는 한동안 멍했다. 영화에 감동해서 그런 것은 아니었다. 영화가 무섭고 충격적이어서도 아니었다. 그런 것과는 거리가 멀었다. 그럼에도 몽롱한 상태에 빠졌다. 그리고 문득 이런 생각이 들었다. 좀비가 되는 세상은 언제가 될까. 좀비 사회가 되면 내가 과연 살아남을 수 있을까.

연우는 밤에 꿈을 꾸었다. 좀비가 된 꿈이었다. 좀비가 된 연우는 세상을 지배하고 있었다. 결국, 연우가 좀비가 된 세상이었다.

8.
"일은 할 만하니?"
자리에 앉자 수아가 묻는다.
"응, 할 만해."
연우는 웃으며 대답한다. 카페는 고소하고 진한 원두 향이 후각을 자극한다. 인테리어가 요즘 트렌드에 잘 맞춰진 곳으로, 너무 과장되지 않으면서도 갖출 것은 다 갖춘 심플한 카페다. 바로 옆 방은 커피를 로스팅하는 기구가 있고, 카페 내부에는 말린 꽃으로 꾸민 리스로 인테리어를 해놓고 있다. 천장이 유리로 되어 채광이 좋으며 자연광 때문에 실내 분위기가 온화한 느낌이다. 좌석도 두 세 명이 앉을 수 있는 공간이 있고, 또 단체로 앉을 수 있는 공간이 넉넉히 준비되어 있다.

카페는 점심시간이 갓 지난 시간대라 사람들로 가득 차 있다. 오피스 밀집 지역이라 아이디카드를 목에 걸고 앉아 있는 직장인들로, 점심 식사 후 느긋한 커피 타임을 즐기고 있다.
"이번 달 휴회 냈니?"
자연스레 아이들 이야기와 업무 이야기로 화제를 삼는다.
"응."
"몇 명 냈니?"
"다섯 명."
"다 냈어?"
"아니."
"그럼?"
"셋만 냈어."
연우는 사실대로 말한다.
"두 명은 못 낸 거야?"
연우는 고개를 끄덕인다.
"신입 교사한테 퇴회홀딩이라니······."
수아는 심히 못마땅한 표정을 짓는다.
"휴회가 많으면 다 안 받아주는 거야?"
연우는 궁금했던 점을 수아에게 묻는다.
"그렇긴 하지만······."
수아는 말끝을 흐린다.
"신입 교사한테까지 그러면 안 되지. 기존 교사들한텐 그런다 쳐도······."
그때 주문한 것들이 나온다. 다크초코무스 케익 한 조각과 함께. 연우와 수아가 주문한 아메리카노 원두가 다르다.

수아 것은 고소하고 깊은 향이 나고, 연우의 것은 약한 산미가 있고 옅은 맛이 난다.

"너도 이제 조금 알겠지만 여기가 원래 이래. 밖에선 온갖 좋은 말로다 치장을 하지만 막상 들어와 보면 영 딴판인······. 신입 교사들이 재택근무 들어가기 전까지 관리자들이 회사의 실체를 숨기려 하지만 어디 그게 숨겨져. 바보도 아니고······. 하지만 근무하다 보면 실상을 모를 수도 있어. 나도 일 년 동안은 몰랐으니까. 다른 일 같지 않고 우리 일이 집에 와서도 업무 처리하고 회원 관리에 정신 없어 일 이외엔 신경을 못 쓰잖아. 어떻게 보면 세뇌 당해 인식을 못하는 면도 있고······."

"넌 여기서 일한 지 얼마나 됐지?"

"이 년······."

수아는 무광이라 고급스러운 잔을 손에 쥐고 대답한다.

"여기 오래 한 분들 중엔 십년 넘은 사람들도 있어. 그러나 대부분 얼마 못하고 관두지. 일 년 안에 다 그만 둬. 일 년 넘어서도 하는 분들은 어떤 사정이 있어 하거나 어디 갈 데가 없어 하는 거라고 보면 돼. 물론 나도 거기에 해당되지만······."

수아는 쓸쓸하게 웃는다.

9.

지국회의는 교육실이 아닌 사무실 안에서 진행됐다. 지구별로 교사들이 자리에 앉았고 사무실은 모처럼 활기를 띠었다. 지국장은 1지구부터 입회를 한 교사들을 앞으로 불러냈다. 입회를 한 개 한 사람부터 입회를 다섯 개 한 사람까지 모두 나왔다. 지국장은 그들에게 풍선을 터트리게 했다. 천장에서 풍선이 터질 때마다 박수소리가 요란했다. 풍선 속에는 다양한 상품이 들어 있고, 그들은 터트린 수만큼의 상품을 지급받았다.

인센티브라는 이름으로 주는 판촉물들, 거기에 흥미를 더한 색다른 방식의 풍선 터트리기. 관리자들과 교사들은 파티를 벌이는 것처럼 즐거워했지만, 연우는 그러지가 못했다. 겉으로는 흥겨운 척했지만 속마음은 편치 않았다. 풍선 터트리기는 관리하는 회원이 학습 성과를 내서 그런 것이 아니다. 회원 모집에 성공해서, 아니 영업에 성공했기 때문이다. 연우는 이곳이 영업국이라는 생각이 들었다. 교육 사업을 하는 교육국이 아닌, 보험 회사나 다단계 업체에 와 있는 그런 느낌이었다.

*

처음에 이어 두 번째 급여가 나왔다. 통장에 급여가 찍힌 것을 보고 연우는 고개를 꺄우뚱했다. 액수를 잘못 봤나 했다. 그러나 다시 봐도 마찬가지였다. 연우가 지도하는 과목은 백여 개 과목, 그것은 많지도 적지도 않은 보통의 과목수인데, 아무리 못 돼도 이백은 될 줄 알았다. 그러나 통장에 입금된 돈은 겨우 백만 원 정도였다. 첫 달은 한 달이 못돼 적었다지만, 두 번째는 30일에 대한 급여였다.

연우는 수수료를 계산해 보았다. 교사의 수수료는 이렇게 책정이 된다. '관리과목수'와 '승률'에 따라 수수료를 받게 된다. 국어 과목인 경우 금액이 35,000원이고 승률이 31%이니까, 연우가 받는 금액은 10,850이다. 학습지 가격은 과목에 따라 조금씩 다르다. 그러나 그렇게 큰 차이는 나지 않는다. 과목별로 계산을 해서 관리 과목수를 곱하고, 다시 이를 모두 더하니, 수수료 합이 나온다. 계산기에 뜬 숫자를 보며 연우는 그만 맥이 빠진다. 그것은 통장에 찍힌 금액과 같다. 뭔가 착오가 생긴 줄 알았는데, 맞게 계산된 것이다.

연우는 잠시 생각에 잠겼다. 뭔가 단단히 홀린 듯한 느낌이고, 누군가에게 뒷통수를 맞은 기분이었다. 일주일에 일을 삼일 한 것도 아니고 월요일에서 금요일까지 5일을 했다. 그것도 아침 아홉 시부터 밤 열한 시까지 꽉꽉 채워 일했다. 그런데도 고작 백만 원 남짓이라니, 사실 일하면서 들어간 비용을 빼면 그보다 훨씬 적었다. 학습을 종료한 회원 두 명을 휴회 처리 하지 않아 연우가 회비를 내야 했고 주유비와 사무실 행사비, 지구 회식비, 또 한 달 식비 등을 계산하면 실제 수익은 그 절반이었다.

우울함과 공허함이 밀려왔다. 일분일초도 아까워 발을 동동 구르고, 저녁에는 끼니 먹을 시간조차 없이 돌아다니고, 끝나는 시간은 열 시 혹은 열한 시가 넘었는데…….

연우는 수아에게 전화해 급여가 왜 적은지에 대해 물었다.

악덕 지국

"그건 수수료율이 문제라 그래."

"수수료율?"

"응. 순증을 하면 수수료율이 올라간다구 하지만 퇴회가 발생하면 일 년 열심히 일해도……."

수아는 잠시 말을 멈춘다.

"너한테 이런 말 하긴 좀 그런데……."

"괜찮아. 어차피 알 건데 뭐. 그리고 당연히 알아야 하고."

"처음부터 높여 주면 모를까 이런 수당체계에선 토요일, 아니 일요일까지 일해도 급여가 이백 넘기가 어려워."

"왜지?"

"1과목에 교육비가 35,000원. 수수료율이 31%이니까 한 달 받는 게 한 과목에 10,850원이야. 그럼 108,500원 받으려면 10집 다녀야 하구, 217,000원 받으려면 20집 다녀야 해. 542,500원 받으려면 50집, 868,000원 받으려면 80집 다녀야 한다는 계산이 나와. 이건 시간 대비 버는 돈이 너무 적어."

"난 그런 식으론 계산 안 해봤는데……. 근데 정착금제도라는 게 있던데. 내겐 해당 안 되지만."

"신입 교사에게 백만 원을 삼 개월로 나눠 지급해 주는 제도지. 하지만 50과목 미만을 관리하는 신입 교사한테만 해당돼. 교사 부족으로 다들 50과목 넘게 받는데 그건……. 교실을 늦게 받거나 받은 과목수에서 하나라도 적어지면 받지도 못해. 또 일 년 안에 일을 그만 두면 받은 돈을 도로 돌려줘야 하구."

"회사는 손해 하나 안 보는군."

연우는 왠지 모를 허탈감을 느낀다.

10.
회장은 벽면에 마련된 스크린 골프로 골프 연습을 하고 있다. 스윙바로는 볼을 타격하고 빈 스윙만으로도 스크린 골프가 가능한 것으로, 시뮬레이션하는 장치가 있어 친 공의 방향과 거리를 가늠할 수 있다. 카메라가 달려 다시 보기 기능으로 자신의 스윙 모습을 보고, 스윙 폼을 바꿀 수도 있다. 실제 골프장에서 플레이하는 것과 같은 우수한 그래픽과 음향으로 골프 플레이를 즐기고 있다.

회장은 골프에 입문한지 오래된다. 골프의 묘미는 뜻대로 잘 되지 않는다는 것, 충분히 연습해서 필드에 나가거나 전날 친 코스에서 다시 쳐도 경우의 수가 무한대다. 프로 선수가 최고의 샷을 날리다가도 한 순간 최악의 샷으로 무너져 내리기도 한다. 뜻대로 안 되는 불가측성이 골프의 중독성에 빠지게 하는 한 원인이다.

회장은 매의 눈으로 골프공을 내려다본다. 뒤에 벽면에는 골프채를 세워둘 수 있는 거치대가 마련되어 있고, 연사매트로 가벼운 무게와 견고한 쇄입을 강조한 골프백이 있다. 그리고 그 옆에는 수재건설 상무가 서 있다.

"예약해 놓았다고?"
"네, 회장님."
"언제?"
"이번 주 금요일입니다."

"좋아. 장소는?"
"강원도 홍천입니다."
"괜찮군."

회장은 고개를 끄덕이며 3번 아이언으로 골프공을 친다. 연습 장비 위를 굴러가, 골프공이 구멍 안으로 떨어진다. 구멍 아래에 있는 레일을 타고 형광 연둣빛 골프공이 다시 돌아온다.

수재그룹은 10여 개의 계열사를 거느리고 있다. 그동안 학습지에서 번 돈으로 문어발식 기업 확장에 심혈을 기울였다. 학습지의 실적을 바탕으로 출판과 인쇄, 유통, 식품, 건설 등 학습지 이외의 영역에 진출해 계열사를 늘려가고 있다. 그러나 학습지 업종과 건설업을 제외하고 현재 대다수 계열사들은 적자 상태를 면치 못하고 있다.

학습지는 현금 수입에 따른 이익이 많다. 현금이 들어오는 곳이기에 많은 이익이 남는데, 매달 수백억의 현금이 은행에 고스란히 입금된다. 현금으로 들어온 수입 중에서 모든 비용을 빼도 순수익이 30% 된다. 황금알을 낳는 거위가 따로 없다.

수재그룹 계열사 중 한 곳인 수재 건설은 주거 사업과 콘도 사업 등에 진출해 있다. 건설 쪽은 회장이 많은 관심을 기울이는 분야다. 그곳에 많은 역량을 집중시키고 있는데, 건설에서 한 건을 올리면 학습지와는 또 다른 큰 수익이 발생하기 때문이다.

수재건설은 그동안 각종 공사를 진행하는 과정에서 정관계 고위 인사들을 상대로 전방위적인 로비를 벌였다. 상무가 직접 로비를 담당했다. 고위 공무원을 비롯해 전·현직 정치인에게 접근해 수천만 원의 금품을 건네고 향응을 베풀고, 또 성 접대를 제공했다. 관청 대상 민원 및 인·허가에 따른 경비로 쓴 금액만 해도 수백억이었다. 공사 현장마다 로비 자금으로 평균 10억을 쓴 셈이었다.

　상무는 건축심의위원들 명단을 확보했으며, 공사 현장에서 만났던 많은 공무원들의 명함을 갖고 있고, 지난 몇 년 동안 자신이 직접 작성한 로비 장부도 따로 보관하고 있다. 시의회를 상대로 한 대관 업무를 총괄한 상무는 이번에 인허가 로비 자금으로 3억원이 투입되었다. 콘도로 지어질 곳은 산 초입이다. 등산로를 따라 조그만 올라가면 콘도로 이용하기 좋은 곳이 나온다. 3만여 평의 크기의 땅에 콘도를 지으면 100억원 이상의 분양 수익을 낼 수 있는데, 그러려면 용도 변경이 필요하다. 고도가 30m로 묶여 6층 이상의 건물을 올릴 수 없다.

　마침내 수재건설과 시의원 간의 은밀한 거래가 시작되었다. 상무는 시의원을 찾아갔다. 그는 도시계획 수립과 조정 등 안건을 심사하는 시의회 도시계획관리위원회 위원장이다. 상무는 그에게 금품 외에 값비싼 그림과 상품권을 제공했다. 상무는 더 큰 영향력을 행사하기 위해 도시계획 담당 공무원들과도 친분을 쌓았으며, 마찬가지로 그들에게 향응을 제공했다. 물론 도시계획관리위원회 소속의 시의원, 대학

교수, 변호사 등도 로비 대상이었다.

산 일대 고도 제한을 완화하고 인허가가 될 수 있게 이번에는 회장이 직접 나서기로 한다. 용도 변경 입안 권한을 가진 구청장에게 골프 접대를 제공하기로 한 것이다. 위치가 강원도 홍천이지만, 서울에서도 멀지 않은 거리다. 최고급 건축물에 웅장한 로비. 클럽 하우스에는 고급 사우나와 고급 한식당이 자리하고 있다. 페어웨이까지 양잔디로 조성된 골프장은 파릇파릇하고, 코스 관리나 시설물들이 고급스럽다.

회장은 골프광이다. 중요한 사안은 거의 필드에서 이루어진다는 소문이 나돌 정도다. 그는 나이답지 않게 대단한 장타력을 보유하고 있다. 회장은 골프가 넉넉한 대화를 할 수 있는 스포츠라고 생각한다. 그러나 그것은 밖으로 새어나가지 않는다. 편안한 가운데 취미와 사업 이야기를 할 수 있는 것이다.

11.

프런티어 빌딩 5층에 있는 수재교육 Y사업국. 사무실은 작은 편이지만, 한쪽에 딸린 교육실은 넓게 꾸며져 있다. 사무실 끝에는 따로 사업국장실이 있고, 사업국장은 외부에 나가 있을 때가 많아 안은 텅 비어 있다. 사무실은 지국 사무실보다 더 조용하다. 사무실 책상은 패널그리드식으로 배치되어 있다. 개인별 업무의 집중도를 높이는 형태로, 타인에게 방해 받지 않아 개인 프라이버시를 유지할 수 있다.

직원들은 각자 맡은 업무에 열중하고 있다. 창가에 앉은 이십대 후반의 여직원. 통통한 계란형에 얼굴이 하얀 편으로, 그녀는 주로 총무 업무를 담당한다. 그녀가 출근해 먼저 해야 할 업무는 수재교육 이미지와 여론을 조작하는 일. 그녀는 본사로부터 '온라인 퍼블리시티 활동'이라는 이름으로, 인터넷 활동 지침을 받았다. 이 문건에는 온라인 퍼블리시티 활동을 하는 이유에 대해, '포털사이트 내 수재교육 교사 이미지 관리와 교사모집 공고를 통해 수재교육 교사 지원자 인원 확충, 그리고 학습지 교사에 대한 평가에 우호적 분위기 조성'이라고 했다.

만약 이것이 문제가 되었을 때 본사에서 대응하는 말도 준비해 놓았다. "기업들이 자사의 이미지와 제품을 위해 댓글을 홍보 수단으로 이용하듯이 인터넷 상에서의 정보 제공"이라고. "직원들에게 안내 책자에 따라 답변해 달라고 문서를 보낸 것이지, 결코 강요한 것은 아니다"라고.

그녀는 포털사이트 검색창에 '수재교육 학습지 교사'라는 단어를 입력한다. 다음에 지식인을 클릭한다. 그곳에 수재교육 학습지 교사에 대한 문의가 있는지를 살핀다. 수재교육 학습지 교사에 대한 질문이 아니더라도 학습지에 대한 문의가 있으면 읽어본다. 누군가 써놓은 답변도 읽어본다. 답변들은 부정적인 내용으로 가득 차 있다. 그녀는 반론을 펼치듯 예시문을 복사해 하나하나 답변을 달기 시작한다.

Q 학습지 교사 어떤가요?
일이 여러 가지로 힘들다는 말을 많이 들었는데 실제 어떤가요?

piok**** 님 답변

수재교육 학습지 교사 5년의 경험을 가진 사람으로서 조언해 드립니다.

학습지 교사는 9시 출근, 6시 퇴근의 정직원이 아닙니다.

정확히 말해 특수형태근로종사자, 개인 사업자로 분류됩니다. 그러므로 정해진 규칙이나 룰이 없어요.

내가 알아서 조정하면 됩니다.

내가 돈을 많이 벌고, 급여를 높이고 싶다면 밤 11시, 혹은 밤 12시까지 회원 집을 돌면 됩니다.

자녀 때문에 일찍 퇴근해야 되는 주부라면 수업을 7시에 끝내면 됩니다. 시간표를 조정해서.

그리고 영업적인 부분에 관해서는 개인사업자이기 때문에 자기 급여를 자기가 만드는 겁니다.

회원이 한 명이라도 늘면 급여가 올라가고, 회원이 줄면 급여가 내려갑니다.

또한 학습지는 책을 파는 영업이 아니라 교육 서비스라는 형태로 자신을 파는 거예요. 교사를 찾는 학부모들이 많아지고, 아이들 성적도 올라가고, 그에 따라 회사에서 인센티브가 나올 때 보람과 성취감을 느끼게 되죠.

그래서 회사에서는 최대한 목표를 달성할 수 있도록 상담교육/입회스킬을 계속 가르치죠.

결국 어떻게 받아들이냐의 차이인 것 같아요.

Q 주부가 학습지 교사하기 괜찮나요?
학습지 교사로 일해 보려는데 주부라서 아이도 걸리고……. 제가 과연 잘할 수 있을지 걱정이네요. 현직에서 일하고 계신 주부님들의 조언 부탁드려요~

ouhi**** 님 답변
저는 현재 수재교육 학습지 교사로 일을 하고 있어요.
아이를 키우는 엄마 입장에서 제 경험을 말씀드려 볼께요.
학습지 교사를 시작할 때 아이가 7살이었는데요,
저도 우연찮게 학습지 교사를 하게 되었어요.
다들 힘들다……. 뭐 할 게 못 된다…….
이런 부정적인 말이 굉장히 많았어요. 근데 막상 제가 해보니까 그다지 힘들지는 않았어요~

교재와 시스템에 대한 교육을 받으면서 앞으로 내가 일하게 될 수재교육에 대한 자부심도 가지게 되었죠. 자신감이 붙기 시작할 때 인수인계가 이루어졌고, 부푼 기대를 안고 일을 시작했어요.
다른 직장생활을 해보셨는지는 모르겠지만 저는 결혼 전에 직장생활을 해보았거든요. 그래서 그런지 그렇게 편할 수가 없어요. 오후 출근이라 아침에 서두르지 않아도 돼요. 아침에 내가 아이를 챙겨 유치원에 보내고 오전에 밀린 집안일도 하고 친구와 수다도 떨고 또 여유 있게 차 한 잔 즐길 수 있죠.

늦게 마치는 날은 일주일에 하루 정도. 늦게라고 해도 9시 정도니까요. 다들 학습지 하면 영업 얘기를 하던데……. 영업은 어느 회사를 가도 다 있죠. 영업이라는 생각보다 아이들 교육에 관한 일이니까 내가 좀 잘하면 엄마들이 소개도 많이 해줘요~ 그러면 자동적으로 회원도 늘어나고 급여도 많아지겠죠.

Q 학습지 교사 월급이 얼만가요?
월급이 많은 곳 어딘가요? 월급이 많은 곳을 원합니다.

kjuh**** 님 답변
안녕하세요? 저는 수재교육에서 일하는 학습지 교사입니다. 학습지 교사는 연봉개념이 아닌 수수료 제도라는 정책을 따르고 있는데 기업들보다 조금은 빨리 급여가 오른다고 생각하면 됩니다.

매월 고정된 월급이 아니고, 하는 만큼 벌어 갑니다. 자기가 노력한 만큼의 소득을 창출할 수 있어서 진실된 일이기도 합니다.

평균 급여가 가장 많은 곳은 수재교육입니다. 교사도 관리자도 수재교육이 우수합니다. 첫 월급은 기본 수수료로부터 시작하는데 차츰 업적이 누적되면서 수수료율도 높아집니다. 수수료율이 높다는 것은 똑같은 회원을 관리하면서도 더 많은 월급을 받는다는 걸 의미합니다.

학습지 교사의 평균 월급은 240~250정도 됩니다. 6개월에서 1년 정도 경력이 있으시면 받으실 수 있습니다.

자신의 연봉을 내 노력에 따라서 만들어 간다고 생각해 보세요. 이제는 평생 직장이라는 개념이 없어지고 있잖아요. 어디에도 평생 보장된 안정된 수입과 직장은 없다고 봐야 합니다. 그런 사회 속에서 내 스스로 내가 한 만큼의 가치를 인정받고 수입으로 연결이 된다면 이보다 더 매력적인 직업은 없는 거죠.

*

여직원은 이번에는 블로그를 방문한다. 본사로부터 블로그 운영비를 지원 받고, 또 그에 따른 특별 혜택을 받는 수재교육 교사의 블로그를.

여직원은 블로그에도 댓글을 달아야 한다. 글 내용에 호응하는 댓글을. 이것도 회사의 지침이다. 여직원은 어제 쓴 교사의 글을 읽는다.

수재샘이 된 민희

내가 가르쳤던 민희가 수재교육 학습지 교사로 일을 시작한다. 어제 민희한테 전화가 왔는데 지금 신임교육 연수 중에 있단다.

민희는 스펙이 아주 좋다. 하지만 난 민희가 수재교육에 입사하는 것을 반대하지 않았다. 말리지 않았다. 오히려 해 보라고, 앞으로 유망 직종이 될 거라고 격려하고 응원해 주었다. 아마 내 딸이 그런 선택을 했어도 마찬가지였을 것이다.

내가 민희를 많이 도와줘야겠다. 나의 노하우를 민희에게 전수해 주어야지. 매사 적극적이고 아이들도 좋아하고 또 긍정적인 마인드를 가졌으니, 까짓 거 연봉 6000 쯤이야 금방 아니겠나.

여직원은 글에 대한 댓글을 달기 시작한다. 블로그를 자주 방문하는 이웃처럼, 혹은 수재교육에 관심 많은 사람처럼.

댓글 5

냥이

음……. 대학 졸업반인 학생인데요……. 선생님의 말씀을 듣고 학습지 교사로 꿈이 바뀌게 되었어요. teacher님처럼 열심히 일하고 돈도 많이 버는 수재교육 선생님이 되고 싶어요.

이상한 사람들

1.

연우가 맡은 주택 지역은 아파트와 아파트 사이에 있다. 오래된 주민이 많이 사는 작고 아담한 동네다. 주택 골목에는 사람 하나 없고 햇볕만 가득 넘쳐난다. 골목은 좁고 구불구불하다. 차들이 골목 한쪽에 주차되어 있다. 어쩌면 주차된 차들 때문에 골목이 좁아 보이는지도 모른다. 골목이라 그런 걸까, 전깃줄이 유독 많아 보이고 그리고 그것은 빨랫줄처럼 낮게 드리워져 있다.

주택 지역은 시간이 많이 소모된다. 한 집을 찾아가는데도 수업 시간의 몇 배가 걸린다. 동선이 길면 회원 관리는 많이 못한다. 관리에 한계가 따르기 때문이다. 한마디로 주택 지역은 돈이 안 된다. 하루 15명 관리하기도 벅차며 일이 끝나면 늦은 밤이다. 학습지 교사는 매번 시간과의 싸움이다. 시간을 어떻게 인식하고 관리하고 활용하느냐에 따라 학습지 교사의 성공이 결정된다. 시간관념이 철저하지 못하면 모든 것이 엉망으로 돌아간다. 시간 관리를 제대로 못할 경우 교실 자체가 흔들린다. 그럼에도 주택 지역은 마음이 편하다.

골목 한쪽 현관 앞에 화분 하나가 놓여 있다. 화분에는 애니시다가 있다. 햇빛이 충만하고 통풍이 잘 되는 곳이면 잘 자라는 레몬향의 애니시다. 추운 겨울을 이겨내고 연두빛 새잎이 돋아나고 있다. 누가 넣은 걸까, 화분 속을 보니 그 안에 담배꽁초와 휴지가 들어 있다.

주택가에는 도심에서 보기 어려운 간판들도 눈에 띈다. 맞춤 양복점이라든지 슈퍼마켓, 뺑티기집, 동네 목욕탕 등 정겨운 이름들이 반기고 있다. 골목길에 아이들이 있을 만한데 하나도 없다. 아이들은 모두 어디로 갔나.

연우는 오래 전의 골목을 상상해 본다. 작은 골목길에는 동네 아이들이 편을 나눠 공을 차고, 또 한쪽에서는 여자아이들이 줄넘기를 하고 있다. 간판 칠이 벗겨진 문방구 앞에는 아이 몇몇이 인형 뽑기를 하거나 정신없이 오락을 한다. 구멍가게에서 아이 하나가 아이스크림을 사서 입에 물고, 그 옆 만두집에서는 김이 모락모락 난다. 그리고 골목길 어디선가 피아노 소리가 메아리처럼 울려 퍼진다.

골목 양쪽에는 주택들이 가득하다. 작은 단독 주택과 다세대, 다가구 주택이 옹기종기 모여 있다. 사실 M동하면 대외적으로 잘 사는 동네로 알려져 있다. 투자 가치가 높은 아파트들이 즐비한 곳이고, 주택가도 최고의 입지를 자랑한다. 그러나 근사한 집들도 많지만 낙후된 집들이 의외로 많다. 족히 삼십년은 넘었을 듯한 주택이 있고, 시멘트 벽돌로 지은 낡은 집도 있다. 당장 수리가 필요한 집들도 보인다. 건물 축대 한쪽에 이상이 있거나 금이 간 담벼락이 위태위태하다. 그 오래 된 집들에게서 지난 세월이 느껴진다. 삶의 어려움과 고단함과 피폐함이……. 주택가에는 그 나름의 질서가 있다. 신축과 노후 건물이 한 골목에 공존하며 균형을 이루고 있다. 어떻게 보면 개성이 있는 주택가로 보인다.

연우는 위로 고개를 든다. 이런 낡은 건물과는 상반된 아파트가 주택가 뒤로 펼쳐져 있다. 저 멀리 우뚝 서서 주택가를 보란 듯이 굽어보고 있다.

주택 지역은 아파트 지역에 비해 치맛바람이 덜 하지만, 그래도 자녀 교육에 관심이 많다. 없는 집이라고 교육열이 적은 것이 아니다. 아니, 없는 집일수록 먹고 입는 것은 줄여서라도 자식 교육만큼은 시키고야 만다. 어려운 살림살이지만 교육비는 필요불가결한 것으로 여기며 가계비의 70%를 교육비로 쓰고 있다. 아파트 지역 아이들이 과외와 학원 여러 곳과 학습지 두 과목을 시킨다면, 주택가 아이들은 학원 하나에 학습지 세 과목 정도 시키는 것이다.

주택 지역에 사는 회원 중에 자매가 있다. 언니는 여덟 살, 동생은 여섯 살이다. 자매는 연립 주택 지하에 사는데, 집에 가보면 어린 자매들만 있다. 간혹 늦은 시간에 방문해도 자매 부모는 집에 없다. 연우는 전임 교사에게 받은 회원 카드를 본다. 자매는 결손 가정으로 기록되어 있다.

 지하로 내려가는 계단은 어둡다. 연우는 휴대폰 플래시를 켜고 조심조심 계단을 내려간다. 발을 내딜 때마다 다른 세계 속으로 빨려 들어가는 것 같다. 계단 밑에 서서 벨을 누르자, 기다렸다는 듯이 안에서 누구냐고 소리친다. 연우는 수재 선생님이라고 했다. 그러자 바로 현관문이 열리고 자매 얼굴이 눈에 들어온다. 자매는 환한 얼굴로 연우에게 인사한다.

 "잘 지냈니?"

 연우도 환한 얼굴로 대한다.

 "네."

 자매는 똑같이 대답한다. 연우는 자매를 보면 얼굴에 미소가 번진다. 연우는 문득 이상한 예감을 받는다. 찰나의 순간에 자신의 미래를 흘낏 엿본 듯한 느낌이다.

 연우는 오늘도 늦은 밤에 귀가한다. 머릿속은 몽롱하고 몸은 흔들흔들한다. 연우는 가만히 발을 계단에 갖다댄다. 지하의 방은 어둡고 캄캄하다. 밑에서 무언가 갑자기 나타날 것도 같다. 연우는 전에 아파트에서 살았다. 아파트에서 살 때는 모든 것이 빛났다. 행복과 평온이 영원할 것으로 생각했고, 언제까지 꿈을 꿀 것으로 여겼다. 하지만 어느 날 아내가 떠나고, 어렵게 장만한 집도 한순간 날아가 버렸다. 계단을 내려와 연우는 문을 두드린다. 안에서 아빠야, 하는 소리가 꿈결처럼 들려온다. 곧 문이 열리고 아이 둘이 양손에 매달린다. 연우는 아이들 손에 이끌려 소파로 밀려간다. 한쪽 귀퉁이가 찢어져 가죽으로 덧댄 소파 위에 연우는 쓰러지듯 앉는다. 아이들은 연우 무릎 위에 올라앉는다. 둘은 경쟁하듯이 연우에게 말을 건다. 오늘 있었던 일과 오늘 느꼈던 것들을. 그러나 연우는 듣는 둥 마는 둥 한다. 결국은 소파에 쓰러져 누워버린다.

연우는 거실에 상을 폈다. 언니부터 학습을 시작했다. 동생은 놀지 않고 옆에 앉아 언니가 하는 것을 구경한다. 자매지만 둘은 생김새가 다르다. 언니는 얼굴이 갸름하고 눈이 작지만, 동생은 동글동글하고 눈이 크다. 언니는 볼에 보조개가 있는 반면 동생은 덧니가 나 있다. 둘은 피부가 하얗다. 얼굴에 늘 미소가 흐르고, 아이답지 않게 차분한 데가 있다.

언니는 국어를 했다. 언니의 진도는 B. 엄마가 체크해 주었는지 지난 번 준 교재를 다 풀어놓았다. 지운 흔적도 있어 성실하게 했음을 알 수 있었다. 여자아이라서 그런지 일학년인데도 글씨를 예쁘게 쓴다. 아직 균형이 잡히지 않고 삐뚤삐뚤하지만 글씨 모양이 부드럽다. 연우는 틀린 문제가 없는지 하나하나 체크한다. 맞으면 색연필로 동그라미를 그어준다. 틀리면 그냥 놓아두고. 그리고 왜 틀렸는지 자세하게 말해 준다. 그런 다음 교재의 핵심 부분을 설명한다. 아이 수준에 맞게, 가능한 쉬운 언어로.

동생도 국어 과목을 했다. 동생의 진도는 A. 동생도 빠진 부분 없이 교재를 다 풀어놓았다. 엄마가 세심하게 교재를 보아주는 모양이다. 동생은 단어와 짧은 문장을 익히고 있다. 낱말과 그림이 매치되게 선으로 연결시킨다든가, 그림을 보고 가로 안에 낱말을 적어 넣는 것이다. 동생은 언니와 달리 웃음이 많다. 그리 우스운 얘기가 아닌데도 해맑은 웃음을 지어 보인다.

교재를 채점해 보니, 틀린 문제가 하나 있다. 아이로서는 충분히 틀릴 수 있는 문제다. 좀더 살펴보니, 아이가 적은 답도 결코 틀리다고 볼 수 없다. 연우는 그것도 맞다고 동그라미를 그어 준다.

*

교사들은 주택 지역보다 아파트 지역을 더 선호한다. 아파트 지역이 회원 관리하기가 편하기 때문이다. 무엇보다 아파트 지역은 동선이 짧은 것이 큰 매력이다. 동선이 짧아 하루에 많은 회원을 관리할 수 있다. 신입교사인 연우도 하루 20명은 무난하게 관리할 수 있다. 그러나 아파트 지역은 긴장되고 부담이 된다.

아파트 지역은 맞벌이 비율이 낮아 교육에 많은 시간을 투자하는 엄마들이 많다. 그러다 보니 엄마들에게 잘 보여야 한다. 한 번 엄마들에게 소문이 잘못 나면 아파트 단지에 빠르게 퍼진다. 수업시간을 제대로 지키지 않는다든가, 부교재를 챙겨주지 않는다든가, 예의가 없다든가 하게 되면 아파트에 안 좋은 이미지로 입소문이 난다. 그것은 결코 무시할 수 없는 수준이다.

아파트 지역은 스마트폰이나 게임, 인터넷 등을 심하게 하는 아이들이 많다. 그런 아이들은 수업하기가 힘들다. 수업을 하지 않으려 하고, 수업 한다 해도 집중을 못하기 때문이다. 그 중에 특히 민수라는 아이가 심하다. 민수는 정도가 심해 거의 중독 증상을 보이고 있다.

민수는 현재 초등학교 삼학년. 수재 영어를 하고 있다. 민수는 휴대폰을 늘 끼고 산다. 엄마 말에 의하면 밥 먹을 때도 휴대폰을 쥐고 있고, 화장실 갈 때도 들고 가고, 거실에서 TV를 보면서도 휴대폰을 한다고 한다. 잠자는 시간 이외에는 휴대폰만 보고 있다는 것이다. 연우는 전임 선생님이 준 회원 기록을 본다. 거기에는 민수에 대한 정보와 함께 엄마의 성향이 같이 기록되어 있다.

김민수 : 목요일 오후 19:00~19:20 방문. 집안 형편 좋음. 스마트폰 중독 증세를 보이는 아이. 수업 시간에도 스마트폰을 가지고 있음. 스마트폰을 들여다보려고 하기 때문에 제대로 수업이 안 됨. 스마트폰 중독으로 엄마와 자주 다툼. 특별 관리가 필요한 아이.

엄마 : 전업 주부임. 집에 계실 때도 있고 없을 때도 있음. 아이 학습에 관심은 많으나 아이에게 실질적인 도움은 못 줌. 성격이 차가운 편이고 변덕스러운 면이 있음. 걸핏하면 휴회 의사를 밝히고 실제로 휴회를 해서 복회했음.

초인종을 누르자 안에서 다투는 소리가 들려온다. 민수와

이상한 사람들

민수 엄마가 다투는 소리다. 연우는 한숨을 내쉰다. 저번에도 다툼 소리가 나서 시작하기도 전에 힘이 빠졌다.

문이 열리자 민수 엄마 얼굴이 보인다. 민수 엄마는 연우가 인사해도 받지 않는다. 화가 나서 그런 줄 알지만, 본체만체 한다는 사실에 기분이 좋지 않다. 민수는 소파에 앉아 있다. 손에 휴대폰을 들고 고개를 숙인 채 뭔가 들여다보고 있다. 다른 아이였으면 인사하고 자리에 앉았을 텐데 연우와 눈도 마주치지 않는다.

"야, 그거 안 치워!"

연우가 말을 꺼내려고 하자 민수 어머니가 소리친다. 민수는 들은 척도 안 한다.

"그만 하라고 했지!"

민수 어머니가 다시 소리친다. 그래도 민수는 반응하지 않는다. 민수 어머니는 마침내 민수의 휴대폰을 빼앗는다.

"왜 그래, 어서 줘!"

민수는 울고불고 야단이다. 연우는 어떻게 끼어들 틈도 없이 그 자리에 멍하니 서 있다.

"이 녀석, 한 번 혼나 봐야 정신 차리지!"

민수 어머니는 민수를 구석으로 끌고 간다. 벽에 세우고 인정사정없이 마구 때린다. 연우는 그제야 어머니를 말린다.

"니 방에 빨리 들어가!"

"어머니 참으세요. 제가 데리고 갈게요."

연우는 민수 곁으로 다가간다.

"10분 수업도 이렇게 힘드니……."

민수 어머니는 긴 한숨을 내쉰다. 연우는 자신의 무능으로 일이 벌어진 것처럼 얼굴이 화끈거린다.

"민수야, 휴대폰 갖고 뭐하고 놀아?"

민수를 책상에 앉히고 묻는다. 오늘 수업은 안 되겠다고 생각한다. 민수와 이야기나 해볼 심산이다.

"게임요."

"게임만 해?"

"아니요."

"그럼?"

"만화도 봐요."

"웹툰?"

"네."

민수의 눈이 반짝인다.

"그리고?"

"유튜브도 보구요."

"아, 그래. 나도 좋아하는 데 그런 거……."

민수의 눈이 더욱 빛난다.

"근데 민수야, 휴대폰을 많이 갖고 놀면 안 돼."

연우는 결국 그렇게 말해 버린다. 수업 시간이 지나 가봐야 하고, 연우 또한 민수의 행동을 더는 두고 볼 수 없다고 판단한 것이다.

"왜요?"

민수의 목소리가 갈라진다.

"몸에 너무 안 좋거든. 가만히 화면 움직이는 것만 오래

보면 머리가 바보가 돼. 눈도 나빠지고, 성격도 안 좋아지고…….”

"괜찮아요!"

"휴대폰을 아주 하지 말란 얘기가 아니야. 휴대폰 할 땐 휴대폰 하고, 공부할 땐 공부하라는 거지."

민수는 아무 말 없다. 지난 번 놓고 간 교재를 보았다. 교재는 손을 대지 않고 그대로 있다. 앞에 한 장도 넘기지 않아 구겨진 데가 없다. 이러다가는 휴회가 날 게 틀림없다. 휴회 나기 전에 미리 손을 써야 한다.

"다음엔 우리 학습지 공부하자?"

"싫어요, 안 할래요!"

"학습지 잘 해야 공부를 잘 해."

"공부 못해도 돼요."

"공부 못하면 놀림 받아."

"상관없어요."

"민수야, 선생님 좋지?"

"아니요. 안 좋아요!"

"어쩌지? 난 민수가 좋은데…….”

연우는 애써 웃음을 지어 보인다. 가방 챙겨 거실에 나와도 민수는 방에서 꼼짝 않는다.

2.

모처럼 집에서 맞이하는 휴일. 저번 주 휴일은 쉬지도 못하고 교사들과 홍보 활동을 펼쳤다. 홍보한 곳은 주부들이 많이 모이는 대형 마트. 쉽게 접하고 무조건 많은 분들을 접하는 게 좋다고들 해서 넓은 마트 주차장에 파라솔을 폈다. 변 지구장을 비롯해 2지구 소속 교사들이 모두 참여했다. 교사들은 정장 차림이었고, 연우도 와이셔츠에 넥타이하고 양복을 입었다.

교사들은 고객들에게 물티슈와 홍보지를 나누어 주었다. 엄마와 같이 온 아이에게는 풍선을 비롯 공책, 필통, 수첩, 스톱워치, 연필, 풀 등의 사은품을 주었다. 상담부스에서도 영업 활동을 했다. 엄마를 상대로는 학습 상담을 하고, 아이들에게는 무료진단테스트를 받았다. 강명자 교사는 공부를 잘 하는 아이와 그 아이 엄마에게 말했다. 수재교육 학습지를 하면 뛰어난 수재가 된다고. 그 반대의 경우에는 지금 학습지를 해야 뒤처지지 않는다면서 아이와 엄마에게 겁을 주었다.

연우는 컴퓨터 앞에 앉는다. 책을 보기 전에 벽을 본다. 벽면에는 임용 고시에 관해 해야 할 일들이 붙여져 있다. -시간표를 짜서 골고루 공부하기. -기본 텍스트를 정해 복습할 수 있게 하기. -개론서를 면밀하게 읽기. -운동 꾸준히 실천하기 등. 갑자기 널널한 시간이 주어져서일까, 책이 눈에 잘 들어오지 않는다.

초수 때 연우는 임용 고시 1차에서 아깝게 떨어졌다. 아까운 정도가 아니었다. 커트라인과 불과 1점도 차이 안 나는 점수로 쓰디쓴 패배를 맛보았다. 그때를 생각하면 지금도 가슴이 아프고 시리다. 한 번에 붙을 것이라고는 생각 안 했지만, 한 문제 차이로 억울하게 떨어져 잠도 오지 않았다. 아마 한 달 넘게 허무와 좌절에 빠져 지냈던 것 같다.

재수 때는 공부에만 올인했다. 내년에는 이런 생활을 하지 않겠다는 마음으로 독하게 공부했다. 1차 시험 하루 전날, 이것저것 약을 많이 먹어서일까, 잠은 안 오고 심장이 미친 듯이 뛰었다. 밤새 화장실을 들락거렸고, 그러다가 그만 넘어져 변기통에 눈을 찧고 말았다. 아침에 일어나니, 눈이 퉁퉁 부어 있었다. 시험장에서도 눈이 부어올라 얼음찜질하며 시험을 보았다. 한 순간의 실수로 일 년의 노력이 허사가 되었다.

삼수 때 역시 공부에만 전념했다. 그 무렵 임용을 준비하는 시간이 연우에게는 마치 환난의 시기처럼 여겨졌다. 앞으로 일 년의 시간을 또다시 견뎌야 하는 것과 결과를 알 수 없는 일에 생을 걸었다는 것이 고통으로 다가왔다. 어릴 때부터의 꿈이 교사라 해도, 아이들을 가르치는 모습을 상상하며 기운을 내려 해도 눈앞의 현실에 불안을 느꼈다. 모의고사 점수에 일희일비하며 감정의 널을 뛰기도 하고, 고시원 옥상에서 노량진 거리를 바라보며 내가 지금 뭘 하고 있나라는 자괴감에 빠지기도 했다. 그러면서 어려운 가정 환경과 넉넉지 못한 경제적 사정, 그리고 남들처럼 능력 없음에 한없는 슬픔에 젖었다.

삼수 때도 시간 관리가 중요했다. 일 년이라는 시간이 길어 보이지만 생각보다 그 시간은 짧다. 하루하루는 느리게 가는 것 같지만 한 주, 한 달, 한 계절은 빠르게 지나간다. 따라서 하루를 어떻게 보내느냐에 따라 공부 양과 공부 질은 달라진다. 시험 전 날, 전 해의 트라우마가 남아 연우는 심장이 또 뛰었다. 잠도 오지 않아 수면제를 먹었다. 아침에 일어나니 정신이 몽롱했다. 연우는 환각 상태에서 시험을 보았다. 집중이 안 되고 글자도 눈에 들어오지 않았다. 쉬운 문제도 잘못 읽어 틀리는 우를 범했고, 결국 삼수도 불합격이었다.

*

"오연우 선생님!"

지국회의를 마치자 변 지구장이 연우를 부른다. 연우는 화장실 가려던 발길을 돌려 변 지구장한테로 향한다.

"오연우 선생님, 이도일 선생님 모르세요?"

변 지구장 옆에는 남자 교사가 있다. 지국회의 시간에 가끔 보았던 교사인데, 그와 인사를 정식으로 나눈 적은 없다. 지국에 남자 교사는 그야말로 손꼽을 정도다. 지구에 한두 명밖에 없고, 연우를 제외하고 일한 지 오래된 교사들이다. 그들은 재택근무를 하고 있어 얼굴 보기도 힘들다. 지국회의 때도 같은 지구가 아니어서 보지 못할 때도 있다.

그것은 여자 교사들도 마찬가지다. 자기 지구 교사가 아니라면 얼굴을 마주하기가 어렵다. 지국회의가 끝나면 모두들 업무 보기에 바쁘니까. 부교재를 챙기고, 지구장에게 업무 보고하고, 서류 작성하고……. 사무실에 오래 머물지도 않는다. 스케줄 때문에 서둘러 하나둘씩 빠져나간다.

"3지구 선생님이세요. 강명자 선생님과 쌍벽을 이루는 사업국 탑을 여러 번 한 최우수 교사세요."

변 지구장이 그를 소개한다.

"인사가 늦었네요, 이도일입니다."

그는 환한 미소를 띠우며 손을 내민다. 부드러운 말투와 당당한 눈빛, 그에게서 프로의 포스가 느껴진다.

"앞으로 이도일 선생님이 오연우 선생님 멘토가 되어줄 거예요. 원래 2지구 교사여야 하는데 우리 지구엔 남자가 없어서……. 여자보다는 남자가 나을 거 같아 특별히 부탁한 거예요. 그러니 이도일 선생님한테 많이 배워 지국탑에 도전하세요. 그리고 두 분, 잠깐만 앉으세요. 내가 잠깐 기도해 줄테니……."

그러더니 그는 눈을 감고 기도를 한다. 이도일 교사는 익숙한 듯 자세를 바로 하며 고개 숙인다. 연우도 얼른 눈을 감는다.

사무실 근처에 있는 음식점. 화이트 톤의 외관에 초록색 간판이 눈에 들어오는 맛집이다. 외부 인테리어 만큼 내부 인테리어도 고급스럽다. 예쁜 조명이 천장에 달려 은은함을 더 하고, 벽이 나무색으로 되어 편안한 느낌이다. 홀은 생각보다 넓다. 많은 테이블이 놓여 있고 개별 룸도 마련되어 있다. 어떤 자리는 세팅이 되어 있고, 또 어떤 자리는 먹고 난 음식들이 있다. 넓은 공간의 창가 쪽으로 자리를 잡았다.

주문을 하자 기본 반찬을 바로 세팅해 준다. 주문한 음식에 어울리는 반찬으로 간단하면서도 알찬 구성이다.

이도일 교사는 연우에게 일이 할 만하냐고 묻는다. 연우는 웃으며 그냥 할 만하다고 한다. 그는 연우에게 이것저것 묻는다. 거주지에 대해 묻고, 가족 관계에 대해 묻고, 고향에 대해 묻는다. 그러다가 학습지 일에 대해 다시 묻는다. 관리 과목수에 대해, 관리 교실에 대해, 또 회원들에 대해서. 대답해 주고 나서 연우도 그에게 묻는다. 수재교육에 들어온 지 얼마나 되었는지를.
"벌써 십 년이 넘었네요."
"어떻게 그렇게 오래 근무할 수 있죠?"
연우는 그가 정규직도 아닌 비정규직으로 한 곳에 오래 근무했다는 게 신기하다.
"무능해서 그래요."
"무능이라니요……."
"나도 몰랐네요. 내가 지금까지 이 일로 밥 빌어먹게 될 줄은……."
이도일 교사는 해맑게 웃는다. 연우는 테이블에 두 손을 얹는다. 그는 상대를 편안하게 해주는 힘이 있다. 아이들을 오래 상대해서 그런지 나이 많은 티를 내지 않고, 최고참 교사로서 권위 같은 것도 내세우려 하지 않는다. 털털한 옆집 아저씨 같다.
주문한 알탕이 나왔다. 뚝배기가 크고 안에 알과 재료들이 듬뿍 들어 있다. 보글보글 끓어오르는 알탕의 비쥬얼이 그만이다. 육수의 재료들이 끓으면서 맛있는 냄새가 솔솔 풍긴다. 향만 맡아도 알탕의 시원함을 느낄 수 있다. 채소가 익어 먹어 보니 육수가 스며들어 맛있다. 알과 곤이에도 육수와 간이 베어 감칠맛이 더한다.

이도일 교사는 식사하며 연우에게 묻는다. 일을 하면서 어려운 점이 없느냐고. 갑자기 학습에 집중하지 않는 유아 회원이 떠오른다. 연우는 수업을 거부하는 유아 회원을 어떻게 대처해야 좋을 지를 묻는다.

"그런 유아 회원한텐 먹을 게 잘 먹혀요. 수업 시간에 입에 달콤한 거 한번 물려줘 봐요. 그러면 수업 끝나고도 받아 먹으려고 집중을 잘해요."

"많이 먹이고 많이 사줬어요. 그런데 안 통해요. 학습 자체에 불만이 있는 거 같아요."

수업 거부하는 유아 회원한테 초콜릿을 주었지만 소용없었다. 줄 때뿐이고, 조금 있으면 다른 짓을 한다.

"그럼 엄마를 오라고 해서 옆에 앉혀 봐요."

"그게 어려워요. 저녁 시간이라 엄마가 밥하고 또 방에 들어가 계셔서……."

"정 힘들면 퇴회내 버려요. 차라리 다른 수업에 집중하는 게 선생님도 훨씬 편해요. 에너지를 거기에 너무 쏟지 말아요."

이도일 교사는 단호하게 말한다.

"아, 네……."

생각해 보면 그것이 답일 것 같지만 쉽지 않은 일이다. 교사가 아이를 내친다는 것도 그렇고, 퇴회가 발생하는 것도 꺼려진다.

"근데 이건 다른 이야기인데……."

연우는 망설이다가 입을 연다.

"회사가 너무 영업에 치중한다는 생각이 들어요. 일한 지 얼마 안 됐지만 그런 느낌을 받았어요. 내가 교육적인 걸 너무 생각해 그런지 모르지만……."

나이 차이가 많이 나긴 하지만, 같은 남자고 또 편하게 느껴져서일까, 연우는 학습지 교사로서 요새 느낀 점을 꺼낸다.

"충분히 그런 생각 들 수 있죠. 나도 예전엔 그랬으니까. 그러나 회사 입장을 생각해 봐야 해요. 사실 이윤을 내야 하는 회사에 영업은 기본이에요. 이곳이 무슨 학교도 아니고……. 이윤을 위해 뛰어야 하는데도 교사들이 영업에 너무 민감한 반응을 보이는 거 같아요."

그는 목소리를 높이지 않고 차분하게 말한다.

"그래도 교육회산데 일반회사랑 달라야 하지 않을까요?"

"다른 건 달라야겠지만 수익적인 면에선 다를 수 없죠. 말했다시피 여긴 공적 기관이 아니에요. 이윤을 내야 하는 회사예요. 이윤 내는 회사에 이윤을 내야 하는 게 당연한 거 아닌가요?"

연우는 그의 말이 틀리다고는 생각 들지 않는다. 그런데도 그의 말에 동조가 안된다.

"이윤을 못 내면 망하는 거예요. 회사가 망하면 교사고 뭐고 무슨 필요가 있겠어요. 그럴 시간에 교사들이 영업 목표나 전략 같은 걸 세웠으면 해요."

이상한 사람들

"그래도 생각했던 거랑은 너무 달라서······."

"무슨 일이든 쉬운 건 없어요. 나름대로 어려움이 있어요. 남의 돈 먹기 쉬운 게 아니에요. 그런 걸 생각하면 일이 편하게 느껴질 수도 있어요."

연우는 입을 다문다. 그의 말이 꽤 설득력이 있다고 생각한다.

하지만 뭔가 답답하다. 가슴을 짓누르는 듯한 답답함이······.

*

오늘 방문할 교실은 빌라 지역. 동네 자체가 고급 빌라촌으로 조용한 동네다. 내외관이 지저분한 곳 없이 깨끗하며, 특히 젊은 분들이 좋아할만한 디자인적으로 마치 외국에 온 느낌이다. 빌라가 많아 아이들이 많고, 주위에 소소한 가게들도 많다. 빌라가 상업 지구를 겸하게 됨으로써 주변에 카페, 옷가게, 음식점 등이 자리를 메꾸고 있다. 빌라 근처에는 산책로도 있다. 그곳에는 체력 단련 기구가 있고, 보도블록도 깔려 마치 주택가 마당에 들어선 기분이다.

빌라는 대부분 3룸과 4룸으로 나뉘어져 있다. 주변이 모두 고급스러운 집들로 주차 부분도 잘 되어 있다.

초등학교 남자아이 이인규. 인규가 사는 빌라는 신축 건물이다. 건물 입구부터 보안장치가 있다. 집주인은 좋겠지만, 방문하는 사람으로서는 여러모로 번거롭다. 넓은 거실에 벽돌로 시공한 아트 월, 거기다가 바닥은 대리석으로 깔끔하다. 주방은 아일랜드 식탁이 있어 따로 식탁이 필요치 않고, 우측 우드장에는 냉장고를 비롯 가전제품이 숨어 있다. 인규네 집을 보며 연우는 이런 집에 살았으면 하는 생각을 잠시 해본다.

인규 방에서 수업을 진행했다. 인규는 삼학년인데도 읽기와 쓰기가 제대로 되지 않는다. 저학년 수재논술은 먼저 짧은 동화를 읽고 동화 내용을 해석하고, 그리고 주어진 문제에 단답형으로 서술하도록 되어 있다. 즉, 언어력과 사고력과 논술력을 키우는 것이다. 그러나 인규는 글을 쓰기는커녕 읽는 것에서 막혀 버린다.

수업 시간은 단지 십 분. 십 분 안에 인규의 수업을 마쳐야 한다. 그래야 다음 회원을 지도할 수 있고 제시간에 일을 마칠 수 있다. 회사에서는 지도니 티칭이니 하는 말을 사실 쓰지 않는다. 관리라든가 체크라는 말을 사용한다. 회사에서 이야기하는 수재 선생님이란 주 1회 관리 지역 회원 집을 방문해, 회원의 학습 상태를 체크하고 진도를 조절해 주는 학습 관리 역할을 말한다. 따라서 학습 관리는 일일이 지도하는 것이 아닌, 회원 스스로 학습할 수 있도록 진도를 조절해 주는 매니저 역할이다.

말은 참으로 멋지고 근사하다. 저런 선생님이라면 교육에 관심 있는 이는 한번쯤 해보고 싶어 할 것이다. 회원들을 관리하는 학습플래너가 되길 희망 하리라. 그러나 현실은 그렇지 않다. 시간만 해도 그렇다. 학습 관리는 1과목에 10분을 관리하도록 정해져 있다. 10분이 안 넘게, 그렇다고 일찍 끝

내서도 안 된다. 학부모 상담이 있을 때도 물론 10분 안에 마쳐야 한다. 거기에는 예외가 없다. 교재를 풀었거나 안 풀었거나. 나이 어린 회원과 나이 많은 회원의 차이가 없다. 회원의 학습 능력도 마찬가지다. 하지만 10분 안에 학습을 마치기는 어렵다. 학습 수준이 낮은 아이는 더더욱 그렇다. 개념 정리를 비롯해 학습내용을 자세히 설명하고, 그것을 이해했는지와 부족하거나 보완해야 할 부분은 없는지 세심하게 살펴야 하기 때문이다.

회사에서 10분을 이야기하는 것은 그럴 만한 이유가 있다. 학습을 10분 안에 마치지 못하면 문제가 야기되기 때문이다. 10분이 넘게 되면 교사들의 관리 인원이 적어지는 것이다. 하루 20여 명 관리해야 될 인원이 10명 안으로 줄고, 그렇게 되면 교사들 수수료를 맞출 수가 없다.

학습시간 10분은 사실상 교재 전달밖에 되지 않는다. 지난주 교재를 걷고 새 교재를 주고, 그리고 일지에 체크하면 맞는 시간이다.

연우는 인규에게 30분을 투자하기로 한다. 그렇게 한다고 해도 자신이 없지만 최선을 다해 보기로 한다. 연우는 인규에게 동화를 읽어준다. 그런 다음 인규의 생각을 말해보도록 한다. 인규가 자기 생각을 말하면 공책에 받아 적는다. 연우는 인규와 함께 동화책을 같이 읽고, 또 인규가 말한 내용을 같이 읽는다. 그래도 다행인 것은 인규가 감정이 풍부하다는 것이다. 솔직함도 갖고 있어 자기식으로 감정을 표현하기도 한다. 하루 이틀에 좋아질 것이 아니므로 연우는 인내하기로 한다. 주어진 시간을 최대한 늘리고 그렇게 꾸준히 지도하면, 언젠가 좋아질 것이라는 희망을 갖는다.

연우는 휴대폰을 꺼내 시간을 본다. 다음 회원 집을 방문하기에는 시간이 빠듯하다. 연우는 급기야 뛰기 시작한다. 지치면 걷더라도 지금 뛰어야지만, 시간을 제대로 맞출 수 있을 것 같다. 한번 수업이 밀리면 뒤로 계속 밀리기 때문에 노순표에 따라 돌아야 한다. 밀린 게 모여 20분이 되고, 30분이 되고, 또 한 시간이 된다. 그러다 보면 하루 종일 헐레벌떡 뛰어다녀야 하고, 바쁜 회원에게 수업 시간을 맞추지 못해 전화해야 된다. 못 간 회원 집을 늦은 시간에 방문해야 하고, 아니면 수업 시간을 아예 따로 잡아야 한다.

골목길에 들어서자 "안녕하세요" 하며 키 작은 꼬마 아이가 킥보드를 타고 쌩하니 지나간다. 연우는 뒤를 돌아본다. 영어 과목을 하는 초등학생 명호다. 골목 안으로 쑥 들어가자 이번에는 할머니 손을 잡은 일곱 살 아영이가 웃으며 인사한다.

연우는 다시 주머니에서 휴대폰을 꺼낸다. 수업 시간이 이제 삼분밖에 남지 않았다. 연우는 다시 뛰기 시작한다.

한자 과목을 하고 있는 초등학교 일학년 정오. 부모가 맞벌이해 집에 항상 정오 혼자 있다. 정오는 연우에게 배시시 웃으며 인사한다. 남자아이인데도, 그리고 여자 교사가 아닌 남자 교사인데도 대할 때 수줍음을 많이 탄다. 그런 만큼 정오는 마음이 착하고 온순하다. 학습지 하기 싫다고 얼굴을 찌푸리거나 연우에게 말을 함부로 하는 일도 없다. 그러나 학습 상태는 좀 저조하다. 부모가 맞벌이해서 집에서 학습을 체크해 주지 않아, 같이 시작한 아이에 비해 수준이 낮고 교재도 밀리는 일이 많다.

거실에는 밥 먹은 상이 그대로 있다. 연우는 반찬통과 그릇이 놓인 상을 번쩍 들어 부엌에 갖다놓는다.

공부상을 펴고, 그 위에 교재를 놓는다. 저번 주 준 교재는 반은 풀어져 있고, 반은 손대지 않았다. 연우는 순간 고민이 된다. 앞으로 교재 양을 줄여 주어야 하나, 아니면 스스로 다 풀 수 있는 습관을 부모 대신 연우가 들여 주어야 하나.

골목길을 걷는데, 배에서 꼬르륵 소리가 난다. 저녁 시간이 훨씬 지났지만 배가 고프지 않다. 아니, 수업 때문에 정신없어 배가 고픈지 어쩐지도 모른다. 설사 배가 고프다 해도 밥 챙겨 먹을 시간이 없다.

교실 돌며 연우는 소변도 참는다. 소변을 해결할 곳이 마땅치 않다. 회원 집을 이용하기엔 말하기가 좀 그렇다. 밖에서 해결할 곳을 찾다가 발견한 곳이 상가 화장실이고 주민센터, 공용 화장실, 아파트 관리 사무실 건물 등이다. 그러나 어느 날부터 그곳을 이용하지 않는다. 아니, 가지 않는다. 화장실에 갈 시간도 없을 뿐더러 화장실 가면 시간을 까먹어 스케줄에 지장이 생긴다.

연우는 물도 마시지 않는다. 학습지 일을 하기 전에는 물을 자주 마시는 편이었다. 여름이 아니더라도, 운동 같은 것을 하지 않아도 평소 갈증이 났다. 가방에 물통을 가지고 다녔고, 갈증 해소를 위해 물 마실 곳이 있으면 맘껏 마셔 두었다. 그러나 학습지 일을 하고 나서는 물을 멀리 했다. 교실을 돌 때 갈증이 나도 참는다. 물을 마시면 화장실에 가야 하기 때문이다. 학부모가 물이나 음료를 내오면 예의상 어쩔 수 없이 마신다. 그러나 그때도 다 먹지 않고, 반에 반만 마신다. 때로는 양해를 구해 잔에 손도 안 대기도 하고.

밤 9시. 교실을 한참 도는데, 변 지구장에게 전화가 온다.
"좋은 소식 없나요?"
그는 웃으며 부드럽게 말한다. 그가 좋은 소식이라고 하는 것은 입회를 말하는 것이다. 그러고 보니, 한 주가 끝나는 요일이다.
"아직 없는데요."
"없다구만 하지 말고, 있으면 올려요."
그는 목소리를 높인다. 바빠 죽겠는데 전화해 은근히 짜증이 난다.
"정말 없어요. 있으면 올리겠는데……."
"수업 끝내고 오늘 한 명 올리세요."
약간 명령조로 그가 말한다.
"네, 노력해 보겠습니다."
연우는 시간을 보며 전화를 급히 끊는다.

이상한 사람들

밤 10시. 변 지구장에게 다시 전화가 온다. 어두운 골목길을 정신없이 걷고 있을 때다.

"오 선생님, 입회했어요?"

"아직 못했습니다."

"지금 몇 신데 못했어요. 오늘 입회 한 개는 해야 돼요."

"있으면 하겠는데 없어요."

"그러지 말고 올려요! 우리 지구 사람들 한 개씩 다 올렸단 말이에요."

"하려고 해도 정말 없어요."

"그럼 가망 회원이라도 말해줘요."

"가망 회원요?"

"입회 가능성 있는 회원말이에요."

"다음 달에 한다는 아이가 있긴 한데……."

저번 교실에서 회원 어머니가 소개해 준 아이가 생각난다.

"그럼 불러줘요. 먼저 올려놓을 테니……."

연우는 말해주고 싶지 않지만 말해 준다. 빨리 수업을 가야 해서.

3.

쉬는 날 수아는 고시원에 있었다. 어둠침침한 고시원에서 책을 보거나 그림을 그렸다. 수아는 대학 다닐 때 사귄, 키큰 남자아이와 헤어진 지 오래였다. 수아가 휴학을 하자 키 큰 남자아이는 떠나갔다. 그 뒤 다른 남자들을 만났지만 오래

가지 못했다. 예전과 달리 남자 쪽에서 수아를 멀리했다.
　재작년까지만 해도 연우는 여자친구가 있었다. 대학 때 알바하는 곳에서 사귄 여자애였다. 고깃집 알바로 그곳에서 서빙 담당을 했다. 고깃집 알바는 손님이 워낙 많아 강인한 멘탈이 필요했다. 직접 고기를 구우면서 중간 중간에 안내도 하고 주문도 받아 일이 힘들었다. 거기다 단체 손님이 들어오면 그야말로 죽을 맛이었다. 단체 테이블을 세팅하며 다른 테이블도 살펴야 했다. 손님이 나간 테이블엔 각종 그릇과 잔들, 흘린 음식들, 쓰레기들, 튄 기름들, 그리고 까맣게 탄 불판이 있었다. 그것을 다 치워야 하고, 그런 다음 다시 서빙해야 했다. 손님이 많은 날은 벨소리가 여기저기에서 나고, 주문이 많아 헷갈렸다.
　고깃집 알바는 다른 알바보다 시급이 셌지만, 일이 끝나면 기름기가 좔좔 흘렀다. 알바생들은 열 명이 넘었는데, 자주 회식을 했다. 그러다 보니 여러 커플이 생겼고, 연우도 그중 한 커플이었다. 얼굴이 좀 통통한 여자애로, 사근사근한 말투 때문에 호감을 느꼈다.
　그녀와의 만남은 계속되었다. 졸업한 뒤에도 만남을 가졌다. 그러나 그녀는 의부증 증세가 있었다. 질투가 심해 친구를 만나는 것도 못마땅하게 생각하고, 어디서 누구와 만난 것도 보고해야 했다. 카톡 답장이 늦으면 다른 여자와 만나는 것으로 알거나 술집에 간 것으로 알았다. 이유 없이 의심을 받아 연우는 괴로웠다. 그것은 사랑해서 그러는 것보다 집착처럼 느껴졌다. 달라지기를 원했지만, 그럴 여자가 아님을 현실적으로 생각하게 되었다.

수아와 함께 간 곳은 시골 강변이었다. 그곳은 새로운 도로가 생겨 강가에 주택지가 형성되어 있었다. 잡지에서 볼 수 있는 멋진 목조 주택이 있고, 강가에 높게 자리한 곳에 철근 콘크리트 전원주택도 보였다. 집들은 때때로 묵는 휴양 주택인 별장 같았다.

수아는 전에 우울증을 앓았다고 했다. 학교에 휴학계를 낼 무렵이었다. 그때 우울증이 심해 아무것도 하기 싫고, 이유 없이 눈물이 나고, 주변 사람들도 싫어지고, 또 사람들과 함께 있으면 숨쉬기도 답답했다. 정말 미쳐버릴 것 같은 상황이었다. 나중에는 더 심해져 수면제를 먹지 않으면 잠을 못 이루고, 칼로 손목을 긋거나 허리띠로 목을 맸다.

강가에는 사람이 없었다. 그곳은 사람의 발길이 닿지 않는 미지의 세계였다. 오직 바람과 침묵과 강만이 존재하는······. 강가는 외롭고 쓸쓸해 보였다. 강가에는 갈대밭이 자리잡았다. 갈대는 고개를 숙이고, 바람이 불 때마다 서걱댔다. 그것은 속삭이는 소리 같고, 숨죽여 우는 소리 같기도 했다.

그때 갈대밭에서 꿩이 날아올랐다. 요란한 울음소리와 날개짓 소리와 함께. 이어, 숨어 있던 고라니도 제풀에 놀라 강 아래로 달음박질쳐 갔다. 수아는 재빨리 카메라를 켰다. 그리고 날아가는 꿩을 향해 카메라 렌즈를 들이댔다. 찰칵찰칵. 수아는 뛰어가는 고라니에게도 셔터를 눌렀다. 수아가

가지고 있는 것은 일반 카메라가 아닌 휴대폰 카메라. 수아는 카메라를 사기에는 과하고, 또 무겁기도 해서 휴대폰 카메라를 쓴다고 했다. 예술 사진을 찍을 게 아니라면 사양과 성능이 좋아 충분하다면서.

 대학 다닐 때만 해도 수아는 셀카 찍는 것을 좋아했다. 그래서 수아의 셀카 폴더엔 수백장의 셀카가 들어 있었다. 블로그를 운영한 것도 사진 때문이었다. 수아는 자신이 어떻게 늙어 가고, 또 사진을 볼 때 자신이 무슨 일을 하고, 어디서 뭘 했는지가 느껴져 찍는다고 했다. 그러나 우울증을 앓고 난 뒤 더는 셀카를 찍지 않았다. 수아는 자기 모습 대신 다른 것을 찍었다. 이른바 취미로써의 풍경 사진 찍기. 수아는 풍경 사진을 찍으며 꽃 이름을 많이 알았다고 한다. 수아는 풍경 사진을 찍기 위해 산에 오르고, 바다로 가는 기차에 몸을 실었다. 취미 생활을 통해 무언가에 집중하는 것은 수아에게 좋은 일이었다. 풍경 사진을 찍으며 평온해질 수 있었고, 찍은 사진을 보며 행복감에 빠졌다. 그때부터 수아의 얼굴은 몰라보게 밝아졌다. 더이상 우울증약도 안 먹고, 병원에 가지도 않았다.

 이번에는 갈대밭을 찍었다. 수아는 풍경 사진을 찍는 방법을 잘 알고 있었다. 풍경 사진을 찍을 땐 장면모드를 풍경모드로 조정해 놓는다. 풍경모드는 사진의 초록색과 채도를 높여 주기 때문으로, 보다 붉고 초록빛이 나도록 찍을 수 있다. 격자 모드도 설정해 놓는다. 사진의 수평과 수직을 맞추기 위해서다.

밝고 어두운 부분이 동시에 존재할 때는 HDR 기능을 활용한다. 그러면 밝기가 골고루 맞는 사진을 얻을 수 있다. 풍경 사진은 사진 속 빈 공간이 많아 자칫 심심하기 쉬운데, 수아는 연우의 실루엣을 활용했다. 연우는 갈대밭에서 여러 포즈를 취했다. 갈대밭을 바라보는 포즈며 갈대를 손에 쥔 포즈, 갈대밭을 등진 모습 등등.

강에는 산책길이 나 있었다. 돌을 쭉 깔아 놓은 돌길로, 그것은 흙이 안 보일 정도로 바닥에 빼곡하게 깔려 있었다. 돌들은 크기가 다 제각각이고, 모양도 다 달랐다. 세모진 돌이 있는가 하면 납작한 돌, 네모진 돌, 뾰족한 돌, 뭉뚱한 돌이 있었다.

산책길은 강물을 따라 길게 이어졌다. 지금은 길이 나 있지만, 만약 비가 와 물이 차면 강바닥으로 변해 물길이 될 것이다.

수아는 가다서다를 반복했다. 가다가 멈춰 사진을 찍고, 또다시 걷다가 멈추었다. 연우는 수아가 사진을 찍는 동안 강가에 시선을 주었다. 강가는 한 폭의 수채화 같았다. 마치 액자에 있는 풍경을 들여다보는 듯했다. 강바닥이 많이 드러나긴 했지만, 강은 꽤 넓었다. 강 저쪽이 다른 세계인 양 멀게 느껴졌다. 가뭄 때문인지, 강폭은 많이 줄어 있었다. 강 속에 있는 물풀 더미도 보이고, 돌들도 강 밖으로 나와 있었다. 강물은 맑고 깨끗했다. 바닥이 훤히 드러나 보이고, 햇빛을 받아 하얗게 반짝였다.

강을 끼고 계속 걸었다. 강가에는 표지판이 서 있었다. 수

심이 깊으니, 물놀이에 주의하라는 내용이었다.

　멀리 강가까지 와 뭐라도 한 장 건져야 한다는 압박이 있어서일까, 수아는 쉴새 없이 셔터를 눌렀다. 찍고 또 찍고, 한 자리에서 스무 번 삼십 번도 더 찍었다. 강가에는 물새가 있었다. 하얗고 다리가 긴 백로였다. 백로는 먹이 사냥을 하고, 또 한쪽에 앉아 깃털 말리기를 하고 있었다. 강물 위에는 오리들이 무리 지어 놀았다. 오리들은 종이배처럼 둥둥 떠다녔다.

　산책길을 한참 걸으니, 강에 나룻배가 보였다. 바닥에 나무로 지지대를 만들어 놓고 와이어를 설치해 강을 건너는 작은 배였다. 나룻배에는 노까지 매달려 있었다. 가까이에서 보니, 물가에 나룻배를 와이어에 고정시키고, 그것을 이용해 강을 건널 수 있게 했다. 수아는 나룻배를 휴대폰 카메라에 담은 후, 거기에 올라타려고 했다. 연우는 말렸다. 수아는 왜 타면 안 되느냐고 했다. 이럴 때 보면 수아는 천진한 소녀 같았다. 연우는 웃으며 말했다. 나룻배 주인이 엄연히 있는데 마음대로 타면 안 되지 않느냐고. 수아는 나룻배 타지 못한 것을 아쉬워했다. 그 아쉬움을 사진을 더 찍는 것으로 달랬다.

　그날 수아는 사진의 매력에 대해 말했다. 자신만의 시각으로 바라본 세상을 사각형 프레임으로 담는 게 사진의 매력이라고. 머리로 담은 장면을 다시금 사진을 통해 보는 것에서 희열을 느낀다고.

4.

회원들 진도 상황을 체크하고 있는데, 김경수한테서 전화가 왔다. 생각지도 못한 전화여서 연우는 놀랐다. 어쩌면 그것은 불안감인지도 몰랐다. 휴대폰 액정에 찍힌 옛 이름에 대한 불안감. 물론 김경수는 연우의 친구였다. 비록 연락한 지 얼마 안 됐지만, 낯설지 않은 이름이었다. 그럼에도 선뜻 손이 가지 않았다.

김경수는 갑자기 생각이 나 전화한 것이라고 했다. 그러면서 안부를 물었다. 연우는 잘 지냈노라고, 학습지 교사로 지국에 잘 적응하고 있다고 했다.

"재택근무 들어갔니?"

"아니, 아직……."

"그럼 지금 사무실이겠구나."

"응."

"거기가 M지국이라고 했지?"

"그래, 맞아."

"그곳이 교육열이 높은 데라 괜찮을 거야. 교육열이 낮은 데 보단 높은 데가 아무래도 일하긴 나으니까. 지금은 안 그렇지만 전엔 그곳이 아주 잘 나가는 지국이었어. 사업국 내에서 탑을 달렸고, 전국에서도 열 손가락 안에 드는 우수 지국이었어."

"나도 그렇게 들었어."

"내가 거기 지국장 아니까 뭐 힘든 거 있음 말해. 얘기해 해결해 줄 테니."

"그래, 고맙다."
"본사엔 안 오는 거야?"
"거긴 갈 일이 없어서……."
"우수 교사가 되면 오게 돼. 너, 실적 좀 올려 봐."
그가 웃으며 말한다.
"그래, 올려볼게."
"어쨌든 한 번 만나자. 만나서 술 한 잔 해야지. 더구나 같은 회산데 말야."
"언제 한 번 보자."
"너, 평일엔 시간이 안 되지?"
"응. 일이 늦게 끝나서……."
"안 그러면 오늘 한 잔 하는 건데……. 참 너, 중학교 동창회 모임 있는 거 알아?"
"아니 몰라."
"중학교 동창회 모임 만들었어. 내가 거기 회장이야. 애들이 아직 많진 않지만 모임 갖고 같이 놀러도 가. 너도 나와라."
"여유가 생기면."
"너, 이정우 알지?"
"이정우?"
"응. 왜 있잖아, 반에서 왕따를 당했던……."
"아, 그 애……."
"너, 그애 출세한 거 알아?"
"출세? 모르는데……."

"그애 검사됐어. 지금 검찰청 특수부에 있어."
"정말?"
"그애도 우리 동창회 모임에 나와. 검사 됐다고 이젠 어깨에 힘 줘."

전화를 끊고 나서, 연우는 잠시 지난 시절을 떠올렸다. 김경수는 중학교 삼학년 때 같은 반 친구였다. 그때 김경수는 학급 반장이고, 연우는 아주 평범한 학생이었다. 연우는 공부를 잘하지 못하고, 집이 부자도 아니었다. 얼굴도 별로고 취미도 없었으며 싸움도 못했다. 성격도 소심하고 내성적이었다. 수업 시간에 창밖을 바라보며 공상에 잠길 때가 많았다.

그에 비해 김경수는 어떠했나. 반장인 김경수는 주변에 친구들이 많았다. 아버지는 온라인 쇼핑몰 사장이고, 엄마는 학원을 운영해서 집이 부자였고, 키도 크고 얼굴 또한 잘생겼다. 개성적이고 활발하며 리더십이 있었다.

반 아이 중에 이정우라는 친구가 있었다. 그애는 키가 작고 못생기고 지저분했다. 그런 이유로, 그애는 반에서 왕따였다. 반 아이들은 그애를 괴롭혔다. 그것은 다양했다. 교과서나 공책에 라면스프를 뿌려 놓는가 하면, 어떤 애는 옷 뒷면에 연필로 또라이 병신이라 쓰고, 어떤 애는 물건을 가져가고, 또 어떤 애는 교과서로 머리를 때렸다.

연우는 이정우가 가엾고 불쌍했다. 그를 도와주고 싶었다. 그러나 용기가 나지 않았다. 이정우를 도와주면 자칫 연우도 왕따가 될 수 있기 때문이었다. 그렇지만 김경수는 달랐다. 물론 반장이어서 힘이 있어 그렇겠지만, 이정우를 적극적으로 도와주었다. 아이들이 이정우를 괴롭히면 그만 괴롭히라고 하고, 과자나 음료를 가져와 아무렇지 않게 같이 먹자고 했다. 식사 시간이나 운동 시간에 아이들과 같이 있게 도와주고, 토론을 할 때도 같이 참여하게 만들었다.

그래도 아이들의 괴롭힘은 멈추지 않았다. 그 중에서도 심했던 애가 최현수라는 친구였다. 최현수는 덩치가 황소만한 녀석으로, 거짓말을 잘했다. 어느 날은 아이들에게 불어를 배운다고 하고, 어느 날은 일어를, 또 어느 날은 스페인어를 배운다고 했다. 반에서 일어를 잘하는 애가 확인해 보기 위해 일어로 간단한 것을 묻자, 최현수는 아무 말 못하고 꼬리를 내렸다.

한 번은 이정우가 책상 앞을 지나가다가 최현수의 휴대폰을 떨어뜨렸다. 이정우는 미안하다고 했다. 휴대폰은 아무 이상이 없었다. 그런데도 최현수는 휴대폰이 망가졌다며 돈을 요구했다. 그리고 빵도 사오라고 했다.

또 한 번은 최현수가 무슨 모임을 만들어 이정우에게 그곳에 가입하라고 했다. 들어가고 싶지 않았지만 맞을 것 같아 들어갔다. 그런데 말이 없고 소극적이라며 벌금을 내라고 했다. 이정우는 돈을 주면서 모임에서 탈퇴하겠다고 했다. 그러자 최현수는 탈퇴비로 돈을 또 요구했다.

어느 날은 냄새가 난다며 최현수가 이정우 머리에 탈취제를 뿌렸다. 피했지만 최현수는 계속 뿌렸다. 이를 본 김경수가 그만 괴롭히라고 했다. 하지만 듣지 않았다. 다시 말해도 마찬가지였다.
 김경수는 참다못해 주먹을 날렸고, 최현수는 그 자리에 볼링 핀처럼 쓰러졌다.

5.
 사무실에서 교재를 챙기고 있는데, 변 지구장이 연우를 부른다. 평소 같으면 그 자리에서 그냥 이야기할 텐데 교육실로 오라고 한다.
 "여기 앉으세요."
 교육실에 들어서자 변 지구장이 자기 옆으로 자리를 권한다. 연우는 좀 긴장한다.
 "오연우 선생님, 입회가 저조해요."
 그는 펼쳐 놓은 수첩을 보며 단도직입적으로 말한다. 가망 회원을 말해주어 당분간 입회 이야기는 없을 것으로 알았는데, 결국 그 이야기다.
 "오늘 수업 가면 정식으로 입회를 받아오세요. 가망 회원 말고요."
 그는 진지하게 말한다. 전에 볼 수 없던 싸늘함이 얼굴에 번진다.
 "오늘 중으로요?"
 "네, 오늘 중으로……."
 "어려울 거 같은데요."
 한다고 했다가 못하면 그가 더 뭐라고 할 것 같아, 연우는 그리 말한다.
"내가 말했잖아요, 회원 엄마한테 다른 과목도 해보라 말하라구. 그럼 입회하기 쉽다고……."
"해 봤는데 반응이 없어요."
연우는 거짓말을 한다. 회원 엄마에게 다른 과목 해보라는 것이 연우에게는 무척 어렵다. 신입이라 그렇겠지만, 아직 신뢰를 쌓지 않은 상태에서 그런 말 꺼내기가 쉽지 않다. 마음먹고 하려 든다면 못할 것도 없지만, 왠지 가식적이고 영업적으로 느껴진다. 차라리 모르는 사람에게 학습지를 홍보하라고 하면 얼마든지 할 수 있을 것 같다.
그리고 무엇보다 자신이 없다. 10분으로 학습 성과를 낸다는 것에. 과외처럼 한 과목을 한 시간, 아니 삼십 분이라도 가르치면 효과가 있으리라 보는데, 10분은 아니라는 생각이다.
"보기보다 고지식한 데가 있어요."
변 지구장은 팔짱을 낀다.
"연수원에서 배운 지식은 그냥 지식일 뿐이에요. 그걸 현장에서 그대로 적용시킬 순 없어요. 때론 학부모나 애들한테 뻥을 칠 필요가 있어요. 그건 나쁜 게 아니에요. 공부시키기 위해선 어쩔 수 없는 거예요. 요즘 부모들, 어디 보통 분들인가요? 고지식하게 말했다간 입회 하나도 못 시켜요. 적당히 부풀리고, 적당히 뻥치고, 적당히 둘러대야 먹힌단 말이에요."
변 지구장은 노골적으로 이야기를 한다. 이런 적은 없어

이상한 사람들

연우는 좀 당황한다. 그의 본성을 보는 것 같다.

"회원들에게 과목 테스트는 했나요?"

"네, 했습니다."

연우는 또 거짓말을 한다. 입회를 위해 회원들에게 과목 테스트를 해보려 해도 그럴 시간이 없다. 수업하기에도 빠듯한 상황이다.

"그런데도 입회가 없다면 선생님이 문제인 거예요."

연우는 화가 나려고 한다. 그러나 눌러 참는다.

"하여튼 기존 회원들 상대로 입회 시켜요!"

"네."

"교재 먼저 줘서 학습시키고 상담은 나중에 해요!"

"알겠습니다."

연우는 우선 살아남기 위해 훈련병처럼 대답한다.

*

연우는 통장에 입금된 급여액을 보고 지국으로 전화했다. 서무 업무를 담당하는 여직원이 전화를 받았다. 연우는 급여가 잘못 계산되어 나온 것 같다고 했다. 관리하는 과목수에 비해 적게 급여가 나왔다고. 여직원은 연우에게 몇 가지 확인하고는 웃으며 말했다.

"회원 회비가 미납돼 월급에서 충당돼서 그래요."

그리고 물었다.

"미납 회비 있으면 수수료에서 자동 공제 되는 거 모르셨어요?"

학습지를 하면 회원 부모 통장에서 회사 계좌로 교육비가 자동이체 된다. 현금인 집은 교사가 돈을 받아 입금한다. 그러나 잔금 부족으로 출금 되지 않거나 회비를 못 낼 경우, 교사 급여에서 빠지게끔 자동충당제도를 마련해 놓고 있다.

미납 회비는 주로 주택 지역에서 발생된다. 주택 지역은 어렵게 사는 집이 있고, 가정 형편이 좋지 않아 회비를 못 내는 경우가 있다. 아파트 지역도 없지는 않지만, 주택 지역에 비해서는 거의 없는 편이다. 아파트 지역은 돈이 없어서라기보다 다분히 의도적이다. 일부 질이 좋지 않은 회원모가 교육비로 교사를 길들이려고 한다.

연우는 기분이 몹시 상했다. 마치 누군가에게 돈을 빼앗긴 그런 기분이었다. 아니, 통장에 든 돈을 보이스피싱한테 인출당한 느낌이랄까. 물론 인출된 돈은 학부모들한테 받을 수 있다. 교사 통장으로 입금해 주던지, 아니면 수업하는 날 직접 주든가. 그러나 한 날에 돈을 다 받을 수는 없다. 수업 요일이 다를뿐더러, 빨리 주는 집이 있고 늦게 주는 집이 있으니까. 그러다가 퇴회가 나면 일부는 못 받기도 한다. 결국 이 집 저 집 찔끔찔끔 받게 되어 푼돈이 되고 만다.

연우는 회비를 미납한 회원모에게 전화했다. 미납 회비가 교사 통장에서 대신 인출됐음을 전했다.

"다음달부터 안 할 거예요."

회원모는 생각지도 않은 말을 한다. 연우는 회비보다 휴회가 더 큰일이라고 여긴다. 연우는 회원모에게 학습지를 계속하라고 설득한다. 회비 이야기는 꺼내지도 않는다. 그러나 이미 아이를 학원에 등록시켰다고 한다.

연우는 다른 집도 전화했다. 대부분 회비를 못 낸 사실을 알지만, 모르는 집도 있었다. 연우는 문득 자신이 영업사원이란 생각이 들었다. 수금하기 위해 고객들에게 전화하는……. 돈 이야기를 하자, 회원모는 말투가 변한다. 미안하다고 하나, 그런 감정이 느껴지지 않는다. 지극히 사무적인 말투다. 어떤 회원모는 그럴 리 없다며 목소리를 높이기까지 한다.

어느 때부터인가 경기 침체로 회비를 못내는 집이 생겼다. 연우가 맡은 지역은 비교적 잘 사는 동네였다. 최고 부촌은 아니지만, 경제적으로 여유 있는 지역이었다. 대기업 회장들이 살지 않아 큰 부자는 없지만 의사며 교수, 고위 공무원, 자영업자, 중견기업 사장 등 부유층이 많았다. 지역이 이렇다고 해서 모두 잘 사는 것은 또 아니었다. M지역의 외곽 아파트인 경우 노후화되고, 지어진 지 오래되어 집주인은 그리 많지 않았다. 거의 다 세입자들이었다.

일반적으로 부자라고 하면, 사업가와 자영업자를 비롯해 주택이나 상가를 가지고 임대업을 하는 사람들을 말한다. 전세값이 오름을 걱정하는 전세권자나, 비싼 월세로 사는 월세입자는 그들의 주머니를 채워주고 있는 서민일 뿐이었다. M지역의 대부분 사람들은 부동산을 소유하고 있지 않았다. 그들은 상대적으로 비싼 주거 비용을 내면서 살고 있었다. 그런데도 그들이 그곳에 사는 이유는 교육, 직장 등 여러 가지 이유가 있었다. M지역은 겉으로 보기에 번지르르하고 뼈까 번쩍하지만, 그 속을 들여다보면 서민이 사는 그저 평범한 지역이었다. 빈부의 격차 또한 큰 지역 중의 한 곳이었다.

어쨌든 경기 침체 여파로 생활고를 겪는 가정이 늘어났다. 집을 방문하면 회원모 대신 아버지가 맞이해 주고, 이사 가기 위해 물건을 잔뜩 펼쳐 놓은 집도 있었다. 학부모가 회비를 내지 않으면 결국 피해는 교사가 입는다. 담당 교사가 미납 회비를 떠안아야 하기 때문이다. 어떤 경우라도 회사는 손해 보는 일이 없다. 회사의 제도가 정말로 대단하다. 열심히 수업을 하고서도 회원의 회비까지 내다니…….

연우는 이곳에 들어온 것이 후회되기 시작한다. 명색이 그래도 교육 회사인데, 아이들 교육보다는 영업의 비중이 크다. 회원 관리에 초점을 두고, 회원의 학습 능력이 향상되도록 관리를 해주는 게 우선시 되어야함에도, 아이들 하나하나에 금액이 매겨져 영업에 열을 올린다. 거기다 회사는 교사들로부터 너무 많이 가져가고, 재주는 곰이 부리고 이익은 주인이 다 가져가는 구조이다. 오른 최저 임금으로 피자집 알바만해도 백오십이 넘는데 급여가 겨우 백이라니, 심신이 피폐해지면서 말이다. 그것도 이것저것 빼고 나면 손에 쥐는 게 없다. 따지고 보면 무급 봉사나 다름없다.

연차가 쌓이면 급여가 좀 낫다고 하지만 믿을 수가 없다. 수수료 체계니 뭐니 하면서 시스템은 완벽해 보이나 그게 교사들 돈을 갈취하는 수법이다. 휴회가 나도 휴회를 안 받아주고……. 유령 회원 올리고, 그 돈은 자기가 월급에서 메꾸고……. 교사가 돈 내고 회사에 다니는 체제라, 결국 오너 배만 불린다.

사실 저녁이 있는 삶은 바라지도 않았고, 그저 오전 시간이나 여유 있길 바랐다. 그 여유 시간에 임용 고시를 목표로 공부할 생각이었다. 그러나 겪어 보니 시간이 없다. 재택근무 해도 마찬가지였다. 사무실에 출근 안 한다 뿐이지 수업 준비해야 되고, 주에 한번은 지국회의가 있고, 또 많은 업무를 처리해야 한다. 교사의 미소와 교육적인 이미지로 많은 사람들에게 어필하는 회사로 알았는데, 아닌 것 같다. 교재만 주는 회사가 수수료 절반 이상 가져가고, 지금이 어느 시대인데 이런 방식으로 운영하는지 모르겠다.

*

"전단지 돌리세요!"

변 지구장은 톤을 높여 말한다. 입회를 못 올리자, 그가 내린 처방이다.

"네."

연우는 바로 대답한다. 그가 감정이 올라와 있어, 고분고분할 필요가 있다.

"전단지 만들어 바로 돌리세요!"

"네, 알겠습니다."

연우는 그렇게 대답했지만 마음이 무겁다. 현재 수업하는 것도 힘든데 전단지까지 돌려야 하다니, 전단지가 효과가 있을까라는 의문도 든다. 연우는 전단지를 돌린다고 해서 입회가 이루어질 것 같지는 않았다. 그것은 왠지 형식적으로 여겨졌다. 성과에 상관없이 기본적으로 해야 되는 것, 하나의 절차로 보였다.
"흔한 방식이지만 효과는 있어."
수아에게 자문을 구하자, 전단지에 대해 의외로 호의적이다.
"전단지는 불특성 다수에게 보다 빨리 배포할 수 있는 메리트가 있거든."
"난 효과 없을 걸로 생각했는데……."
"그걸로 효과 본 선생님들이 많아."
"그렇군."
연우는 갑자기 힘이 솟음을 느낀다.
"근데 회사에서 지원은 없나 봐?"
"어떤 지원?"
"전단지 만드는 거 대한 지원. 회사에서 만들어주진 않잖아."
"만들어주지 않지, 개인이 만들어야 해."
"회사에서 지원해 줘야 되는 거 아냐?"
"그런 거 없어. 교사 사비로 해야 돼."
"왜지? 회사를 위한 건데……."
"우린 위탁사업자잖아. 근로자가 아닌 개인사업자……."
"위탁사업자지만 본사에 종속되어 있지 않아?"
"그렇긴 하지."

"가만히 들여다보면 개인사업자인데도 개인이 독립적으로 일할 수 없는 구조로 보여. 말만 위탁사업자지, 일반 근로자나 다름없어. 우리가 퇴회를 어디 자유롭게 쓸 수 있나, 업무 보고로부터 자유롭나, 입회로부터 자유롭나. 원치 않는 가짜 입회를 써야 되고, 일주일에 한 번 전체 미팅에 참석해야 되고, 또 법정 공휴일에도 눈치를 봐야 하고……."

위탁사업자 이야기가 나오자 연우는 조금 흥분한다.

"여긴 참 이상해. 분명히 고용되어 있는데 근로자는 아니고, 회원은 회사에 가입되었는데 책임은 우리가 지고……. 개인사업자란 이름으로 회산 우리에게 아무 것도 해주지 않아. 기본급도, 수당도, 연월차도……."

"그러니 돈 들여 할 필요 없어."

수아는 연우에게 전문 업체에 맡기지 말고 직접 전단지를 만들라고 했다. 전단지 만드는 방법에 대해서도 수아는 조언했다. 평범한 전단지로는 효과를 보기 어렵다고 한다. 요즘은 온갖 홍보물이 넘쳐나기 때문에 시선을 한눈에 사로잡는 장치가 필요하다는 것이다. 한마디로 특별한 전단지라야 효과를 볼 수 있다는 이야기다. 정성이 들어간 전단지, 전달력이 강한 전단지, 타 업체와 차별되는 전단지라야 입회에 성공할 수 있다고.

수아의 이야기 듣고 연우는 전단지에 배경까지 생각했다. 단순히 문구만 넣으면 사람들 시선을 끌지 못할 것이라 여겼다. 받는 사람이 즐겁고 재미있어야 효과가 있을 것으로 보았다. 그래서 표현한 것이 놀이터에서 뛰어노는 아이들의 이미지였다. 버블풍선 하나씩 들고 신나게 뛰어노는 아이들, 그 모습들을 새싹처럼 쑥쑥 자라는 학습의 성장으로 담았다.

풍선에는 눈에 띄는 문구를 적었다. 실력 향상, 자신감, 성취감, 즐거움 등등. 전단지는 글씨체에 의해 분위기가 달라져 말끔한 고딕체를 선택했다. 그리고 레이져 프린트로 출력을 했다.

"전단지 돌렸나요?"
변 지구장한테 전화가 왔다.
"다 만들고 이제 돌리려 합니다."
"빨리 돌려요!"
"알겠습니다."
"돌리고 나서 사진 찍어 보내요."
"네?"
"전단지 돌린 인증 샷 말이예요!"

연우는 아파트부터 전단지를 배포했다. 아파트는 관리사무소의 사전 승인을 받아야 하고, 돈도 지불해야 한다. 연우는 전단지를 동내 게시판에 부착하고, 아파트 입구에 설치된 우편함에도 넣었다.

주택 지역도 전단지를 돌렸다. 우편함에 넣거나 문 앞에 놓고, 출입문에도 붙여 놓았다. 골목길 같은 경우에는 전봇대에 전단지를 붙였다. 연우는 학교 앞에서도 홍보했다. 주변 학교를 돌며 전단지를 아이들에게 나눠 주었다. 상가 곳곳에도 뿌리고, 공원이나 놀이터에 가서도 홍보 활동을 펼쳤다.

연우는 새벽 일찍 일어나 전단지를 돌렸다. 그리고 집에 돌아와 아침밥 먹고 다시 오전까지 전단지를 돌렸다. 교실을 나가 이동 중에도 전단지를 돌렸으며, 주말과 휴일에는 하루 종일 전 관리 지역을 미친 듯이 돌아다녔다. 얼마나 전단지를 돌렸을까. 거짓말처럼 전화가 왔다. 전단지 보고 관심을 가진 학부모였다. 생각보다 그것은 정말 효과가 있었다. 여기저기에서 전화가 걸려왔다. 연우는 전화 받고 곧장 달려갔다.

연우는 스스로에게 놀랐다. 영업 능력이 자신에게는 없는 줄 알았는데, 상담한 고객 모두 입회에 성공시켰다.

*

순증 11개, 퇴회 1개. 현재 실적 +10. 퇴회 하나가 났어도 이 정도는 뛰어난 성적이다. 연우 자신도 전혀 예상하지 못한 결과로, 전단지 전략이 성공을 거둔 셈이다.

"오연우 선생님이 마침내 실력 발휘를 하는군요. 내 그럴 줄 알았어요!"

이런 성과를 누구보다도 반긴 사람은 변 지구장이었다. 그는 아이처럼 기쁨을 감추지 못했다. 그는 연우를 교육실로 따로 불렀다.

"오연우 선생님, 이번에 지국탑에 한 번 도전해 보세요."

교육실에 둘만 있자, 변 지구장은 연우에게 그렇게 말했다.

"네?"

"이 정도면 지국탑을 바라볼 수 있어요."

"나보다 잘한 고참 선생님들이 있는데 내가 어떻게……."

"고참 선생님이라고 다 잘하진 않아요. 우수 교사가 항상 지국탑하라는 법도 없구요. 신참 교사도 얼마든지 지국탑 할 수 있어요. 상황은 언제든지 바뀔 수 있는 거니까."

"그래도 내가 어떻게……."

"왜요, 지금 실적이 꽤 높은데. 이 정도면 충분히 가능성이 있어요."

"나보다 실적 좋은 분 많은 거 같은데……."

"그렇지 않아요. 지금 선생님이 낸 실적은 높은 거예요. 강명자 교사나 이도일 교사가 낸 실적에 비해 뒤지지 않아요."

변 지구장은 상기된 얼굴로 말한다.

"오연우 선생님, 3개만 더 해요."

"네? 입회 말인가요?"

"네. 3개만 더하면 지국탑할 수 있어요."

연우는 잠시 생각해 본다. 마감일까지 입회 3개를 올릴 수 있는지를. 전단지를 통한 입회 문의는 이제 멈춘 상태라 어렵고, 학습지를 하겠다는 학부모도 현재는 없다.

"모레가 마감인데 어려워요."

연우는 부담을 느끼며 완곡하게 말한다.

"3개만 더 하면 지국탑인데 아까워서 그러는 거예요. 딱 3개만 올려요."

"나올 때가 없어요."

"가라 있잖아요."

그는 눈을 지그시 뜨며 은밀하게 말한다.

"가라 입회요?"

"이번에 지국탑하면 금 한 돈을 줘요. 거기다 상품권도 받고 또 지국에서 선생님 위상을 높이게 되고. 어디 그뿐인가요? 입회가 많으면 자연 수수료율도 올라가요. 절대 손해 보는 장사가 아니에요. 그리고 우리 2지구도 살릴 수 있구요."

*

교육실에서 월요일 조례가 시작된다. 휴회방지 교육과 입회 교육. 잡다한 수치들이 집계된다. 사전 상담이라든가 생일자카드 제출현황보고며 과목별 휴회 분석. 그리고 지국 순위와 지구 순위에 이어 개인 순위.

연우는 마지막에 불려 나가 교사들에게 박수갈채를 받는다. 연우는 고개 숙여 인사한다. 그리고 교사들을 쓱 훑어본다. 얼굴에 미소를 띤 사람도 있지만, 대부분 기계적으로 박수를 친다. 특히 고참 교사들 눈빛은 부드러우면서도 싸늘하다.

연우는 지국장 앞으로 다가간다. 지국장은 입가에 미소를 머금고 연우에게 금 한 돈을 건넨다. 덤으로 상품권까지 손에 쥐자, 박수가 다시 터져 나온다. 변 지구장은 앞에서 쉴 새 없이 사진을 찍어댄다.

6.

"고시원이 좀 답답하지?"

냉장고에서 가장 예쁜 캔을 가져와, 편의점 앞 파라솔 의자에 앉는다. 파라솔 테이블이 하나 더 있지만, 그것은 비어 있다.

"괜찮아."

수아의 목소리는 가라앉아 있다. 얼굴도 많이 수척해 보인다.

"어디 아파?"

"얼마 전 응급실에 실려 갔었어."

"왜, 어디가 아팠던 거야?"

"불규칙한 식사 시간으로 위와 대장이 탈이 난 거 같애. 과로와 스트레스도 문제였던 거 같구……."

"지금은 어때?"

"약을 먹고 있어."

"좀 괜찮은 거야?"

"아직도 좋지 않아. 약 먹으면서 지금 수업하고 있어."

수아 목소리는 힘이 하나도 없다.

"많이 아픈 모양이구나."

"전에도 몇 차례 응급실에 실려 갔었어. 사실 학습지 교사를 하고 나서부터 여기저기 아팠어. 낮에 기력도 없고, 면역력이 약해져 아토피성 피부염이 생기고."

수아는 복숭아봉봉을 마신다. 복숭아봉봉은 황도와 복숭아 농축액으로 만들어져 있다. 복숭아봉봉은 황도 색깔인데,

코코넛봉봉이나 포도봉봉보다는 색깔이 진해 과일 알맹이가 잘 보이지 않는다. 맛은 달달시큼하다.
"나, 여길 관둘까 봐."
"관둔다고?"
"여긴 내가 있을 곳이 아니란 생각이 들어."
"여길 들어온 걸 후회하고 있구나."
수아는 말없이 한숨을 내쉰다.

7.

오후에 교실 나갈 준비를 마치고 연우는 책상 앞에 앉는다. 교육학 도서와 자료들을 책상 위에 펼쳐 놓는다. 그동안 전공은 양이 방대해 매진했지만, 교육학은 그에 비해 소홀했다. 교육학은 시간 투자 대비 점수의 폭이 작다. 하지만 초수 때 교육학 점수 차이로 탈락이 된 경험을 갖고 있다. 재미없다는 인식 때문에 공부를 게을리 했고, 계속해서 교육학 점수는 나오지 않는 딜레마에 빠졌다. 공부하기 좀 귀찮아도 교육학에 시간 투자를 하지 않을 수 없었다. 또 오전에 보기 때문에, 교육학을 오전에 공부할 필요가 있었다. 밤이나 새벽 시간에는 전공 공부를 하고.

갑자기 더위가 느껴진다. 몸이 끈적거리고 등쪽에 땀이 난다. 옥탑이라 직사광선을 직접적으로 받다 보니, 방안이 후덥지근하다. 연우는 잠시 밖으로 나온다. 바람이 불지 않지만, 짙은 녹색의 우레탄방수액으로 도포되어 옥상 바닥만 쳐다보아도 시원하다. 옥상은 꽤 넓다. 빨랫줄도 설치되어 있고, 줄에 빨래집게도 몇 개 보인다. 누가 올라와 담배를 피운 걸까, 옥상 구석에 담배꽁초가 보인다. 담배꽁초를 발로 비벼 바닥이 까매져 있다.

옥상은 사방이 트여 주변을 조망할 수 있다. 아파트와 건물들의 정렬된 풍경이 눈에 들어온다. 높은 곳에서 바라보는 도시는 활동적이고 바빠 보인다. 그 속에서 여유를 찾아보기는 어렵다. 어디선가 매미가 요란하게 울어댄다. 도로가에 줄지어 늘어선 나무 위 같기도 하고, 빌딩 뒤쪽에서 나는 소리 같기도 하다. 도시 한 복판에서 매미 소리를 들으니 좀 이상하다. 매미 소리보다는, 차 소리가 도시에서는 자연스럽고 제격이라는 생각이 든다.

*

먹구름이 몰려오더니, 결국 비가 쏟아진다. 내일부터 비가 온다던 일기예보가 무색할 정도다. 밤늦게까지 교실을 돌아야 하는데, 낭패라는 생각이 든다. 연우는 문득 자신을 되돌아본다. 비가 언제부터 자신에게 이런 존재가 되어 버렸는지를.

연우는 어려서부터 비를 좋아했다. 비 오면, 비 오는 하늘을 바라보곤 했다. 다른 것은 오래 못 보는데, 비는 오랫동안 볼 수 있었다. 비는 신기한 그 무엇이 있었다. 바라볼수록 몽롱해지는 그 무언가가……. 어쩌면 그것은 날 것의 세계를 보아선지도 모른다. 어른들 눈에는 보이지 않는 원초적인 세계의 아름다움. 주변 자극에 흔들리지 않고 비를 한참 관찰

했다. 빈 하늘에서 비는 계속 쏟아졌고, 그것은 덩어리가 아닌 방울방울 떨어져 내렸다. 빗방울은 유성처럼 긴 빗금을 긋고, 눈처럼 춤을 추기도 했다. 때로는 천천히 내려앉고, 때로는 벌처럼 빠른 속도로 떨어졌다. 비는 바닥에 닿자마자 부서졌다. 모래알처럼 부서지는 빗방울을 보며, 비는 과연 무엇을 위해 지상으로 내려왔는가 하고 생각했다. 그리고 땅속으로, 하수구로, 검은 강물 속으로 흐르는 빗물을 슬프게 바라보았다.

연우는 윈도브러쉬를 작동시키며 차를 몬다. 대로변의 상점들은 가게 앞에 우산을 두고, 가로수의 나무들은 비에 젖어 푸르름이 짙어져 있다. 사람들은 대부분 우산을 쓴 채 걷고 있다. 그러나 우산 없이 걷는 사람도 있고, 역을 향해 뛰는 사람도 있다.

도로는 평상시 보다 혼잡하다. 신호등을 한 번에 통과하기가 어렵다. 거기다가 노면이 미끄러워 속도를 못 내고 브레이크를 자주 밟게 된다. 시야가 안 보여 앞차와의 거리를 평소보다 넓힌다.

빌라에 주차할 자리가 없어, 골목에 차를 주차시키고 연우는 회원 집을 향해 뛰었다. 수업 시간이 이미 지나버린 상태였다. 비오는 날은 차가 막힌다는 것을 알고 좀더 일찍 출발했어야 하는데, 그러지를 못했다. 가방에다 우산까지 들어 숨이 찼다. 수요일 첫 타임의 수업은 늘 부담이 되었다. 아니, 첫 타임에 방문하는 집이 꺼려졌다. 어머니가 항상 집에 계시고, 아이 학습에 지나치게 관심이 많기 때문이었다.
 집에는 역시 회원 어머니가 계셨다. 아이에게 문을 열게 하고, 어머니는 거실에 팔짱을 끼고 서 있었다.
 "이렇게 늦으면 어떡해욧!"
 죄송하다고 했지만, 회원모는 목소리를 높인다.
 "아이가 학원갈 시간이잖아욧!"
 "죄송합니다."
 "시간을 잘 지켜주셔야죠. 이러면 공부하기 힘들어요."
 "비가 와서 차가 막히는 바람에……."
 "그러면 서둘렀어야지요! 다음에 보충해 주세요. 지금 학원 가봐야 하니까."
 "그럼 밤에 다시 오겠습니다."
 "오늘 말고 다음에 와 주세요."
 "그럼 다음 주 수요일에 수업을 더 많이 하겠습니다."
 "아니요, 이번 주에 와 주세요."
 "이번 주는 다른 교실에 수업이 있어서……."
 "와 주세요! 선생님이 잘못한 거니까……."

 비는 좀처럼 그치지 않았다. 우중충한 하늘에 번쩍하고 은빛의 선이 날카롭게 그어지고, 모든 것을 파괴할 듯이 천둥소리가 요란했다. 첫 단추를 잘못 끼어선지, 아니면 비가 와 그런지, 우울한 일은 계속되었다.
 마지막으로 방문할 집은 잔디 마당이 있는 신축 빌라. 원래는 저녁 시간에 방문하는 집이지만, 일부러 노순표 제일 끝 타임에 배치해 놓았다. 오늘은 무슨 일이 있더라도 회비를 받기 위해서다. 회원모를 직접 만나 회비를 다 받아낼 작정이다. 미납된 회비는 자그마치 6개월분. 아이가 두 과목을 하고 있어 그것은 꽤 되고, 그동안 미납된 회비를 연우가 대신 납부했다. 집에 계시지 않아 회비가 미납될 때마다 연우는 회원모에게 전화했다.

"그까짓 회비 떼먹을까봐 그래요!"

"어머님, 그게 아니고……."

"어려워서 그렇다고 했잖아요."

"그건 알겠는데 회비가 많이 밀렸거든요. 내가 계속 내기가……."

"줄께요, 이번 달에."

매번 말뿐이라서 연우는 아이 아버지에게 전화했다. 아이 아버지는 부인과 함께 렌터카 사업을 하고 있었다. 아이 아버지와 통화하고 몇 분 있으니, 회원모에게 전화가 왔다. 회원모는 다짜고짜 소리쳤다.

"왜 그런 거 가지고 애 아빠한테 전화하고 그래요!"

"이번 달엔 회비를 입금시켜야 해서요."

전화가 툭 끊겼다. 뭔가 잘못된 게 아닌가 해서 전화를 걸었다.

"왜 자꾸 그래! 당신 스토커야?"

연우는 회원모 가정이 정말 어려운가 보다 했다. 사업이 얼마나 어려우면 아이 회비를 밀릴까 했다. 그러나 그런 생각은 깨졌다. 회원모가 사는 집은 단지형 신축 빌라. 정원과 별도로 대형 테라스가 있고, 테라스 옆에는 텃밭도 있었다. 넓은 평수로 설계된 아파트형 구조의 신축 빌라여서 집 구조가 답답하지 않고, 마감재가 수입 자재라 고급스러웠다. 어렵다면서 회원모의 집은 얼마 전에 TV와 냉장고를 바꾸었고, 안마의자도 새로 사고, 못 보던 로봇 청소기도 새로 들여놓았다.

연우는 엘리베이터에 올라탄다. 머리부터 발끝까지 다 젖은 것은 물론 가방도 다 젖어 있다. 우산을 썼지만, 계속되는 비에는 당하지 못했다.
회원 집 앞에 도착, 연우는 초인종을 누른다. 그러자 안에서 누구세요라는 목소리가 들린다. 연우는 수재 선생님이라고 말한다. 누구라고요, 하는 소리와 함께 문이 열린다. 50대로 보이는 몸이 뚱뚱한 여자다. 여자는 의아한 얼굴로 누구시냐고 묻는다.
"여기 연철이네 집 아닌가요?"
"누구요? 그런 사람 없는데요."
여자는 차갑게 말하고 문을 닫으려 한다.
"잠깐만요. 죄송하지만 누구신지……."
"네?"
"아이 학습지도 하러 온 선생님이거든요."
"여기 사는 사람들 이사 갔어요!"
그와 함께 문이 쾅 하고 닫힌다.

*

월요일 지국회의 시간. 회의에 빠지면 벌칙성 교육이 있어 교육실에는 사람들로 가득하다. 수아도 참석해 있다. 지국장이 앞에 나와 교육을 시작한다. 휴회 교육과 입금율 교육을. 그는 보급이 그 사람의 인격이며 능력인 것처럼 말한다.

교사들은 회사의 부당한 시스템에 익숙해져 있다. 개인사업자지만 자신의 결정권은 없고, 시키면 시키는 대로 해야만 한다. 지국에서 가짜입회와 퇴회홀딩이 없는 교사는 없다. 휴회는 집중관리 리스트를 제출하게끔 하고, 지구장이 관리하며 조율한다. 이것에 대해 지구장은 미안해하지 않으며, 오히려 능력 없는 교사들 때문에 자신이 고생한다고 여긴다.

교사들뿐만 아니다. 지구장 또한 부당한 시스템에 익숙해져 있다. 자신은 천원 더 싼 곳에서 식사하면서 교사들이 몇 십만 원, 몇 백만 원 가라로 납부하는 것은 아무렇지 않게 생각한다. 참으로 우습다. 무한 경쟁 시대에 이렇게 조직 관리하고, 이렇게 영업 관리하고도 회사가 살아남는다는 것이.

우수 교사 포상이 이어진다. 몇몇 교사들이 앞으로 나온다. 선임 교사들이 대부분으로, 그들은 아이처럼 한껏 들떠 있다. 처음에는 포상 받는 교사들이 부러웠다. 그러나 지금은 아니다. 저렇게 포상 받으면 뭘 하나 하는 생각이 든다. 거의 다 가짜 입회인 것을.

*

그동안 누적된 가짜입회와 퇴회홀딩, 그리고 체납회비 충당으로 이번 달 수수료는 최악이다. 이것저것 들어간 것을 제외하면 남는 게 없다. 월세를 내기에도 빠듯한 상황이다. 어쩌다가 이렇게 됐는지, 연우는 잠시 생각해 본다. 그동안 나름대로 아이들을 열심히 지도하고, 입회도 남들하는 만큼 하고, 홍보 활동도 게을리 하지 않았다. 아이들을 잘 가르치기 위해, 또 그들에게 무시당하지 않으려고 철저히 수업 준비하고, 입회를 위해 새벽 시간에 신문 돌리듯 전단지를 돌렸으며, 회의 때도 빠진 적이 없었다. 그런데도 노동의 댓가가 이것이라니.

연우는 한숨이 절로 나왔다. 퇴회홀딩과 가짜입회에 생활이 찌들고, 체납회비 대납강요에 속은 멍이 들었다. 일의 결과가 노력과 상관없이 보여지는 숫자 놀이 같았다. 변 지구장은 매일 교사들을 쪼아댔다.

"회사에서 선생님들 휴회 체납회비까지 책임져야 합니까?"

"입회는 운이고, 휴회는 선생님들 책임인 거예요."

연우는 문득 돈을 빌려준 일이 생각났다. 이도일 교사에게 전화를 했다. 그가 전화를 받자 연우는 돈 이야기를 꺼냈다. 지금 필요해서 그러니, 빌려준 돈을 주었으면 한다고.

"그래 알았어."

전화를 바로 끊으려고 해서 연우는 잠깐만요, 하고 외쳤다.

"내 계좌 모르잖아요?"

이상한 사람들 141

"문자로 넣줘."

지국회의가 있던 날이었다. 이도일 교사가 사무실 밖으로 연우를 불러냈다.
"부탁 한 가지 좀 들어줄 수 있어?"
"뭔 부탁요?"
"돈 천만 원만 있으면 좀 빌려줘. 바로 갚을께."
"천만 원요?"
난데없이 돈을 빌려 달라 해서 연우는 당황했다. 같은 지국 동료이고 변 지구장이 멘토로 지정해 준 교사지만, 금전적인 거래를 할 그런 사이는 아니다.
"집을 이사하는 데 돈이 좀 부족해서……. 내년에 이사할 생각이었는데……. 내년엔 적금도 타고 그래서……."
연우는 망설였다. 돈을 빌려주어야 하나, 말아야 하나.
"이번 달 안으로 줄게. 그때 돈 생길 곳이 있으니……."
"근데 천은 안 되고 오백밖에 되지 않아요."
"그럼 그거라도 빌려줘."

"선배님, 입금이 안 됐네요."
지국회의가 끝난 다음, 연우는 3지구로 가서 이도일 교사에게 말했다. 물론 주위에 교사들이 있어 작은 소리로. 그는 대답 대신 연우의 손을 잡아끌었다.
사무실 밖으로 나오자, 그는 목소리를 높인다. 사무실에서 돈 얘기를 꺼내면 어떡하냐면서.

"돈은 내일 붙여줄께."
"내일요?"
"그래, 내일."
"내일은 주시는 거죠?"
"이 사람이 속아만 살았나……."
 그러나 그는 돈을 붙이지 않았다. 이틀이 지나고 일주일이 흘러도. 연우는 이도일 교사에게 다시 전화했다. 그러나 그는 받지 않았다.

*

 교실을 돌 때는 머릿속이 복잡하고 정신없지만, 일을 마치면 머릿속은 한 순간 정지가 된다. 마치 전기가 흐르는 코드를 빼버린 느낌이랄까. 아무 생각 없이 머릿속이 그저 멍할 뿐이다. 멍한 상태로 어두운 골목을 걷고 저만치 주차된 차를 향해 간다. 그러다가 머릿속에 문득 생각이 떠오른다. 난 이렇게 밤늦게까지 어디서 무얼하고 이 낯선 밤길을 걷는가.
 그러나 오늘은 다르다. 일을 마쳤는데도 머릿속이 멍하지 않다. 아니, 너무 멍해 넋이 나간 상태다. 하루에 많은 집을 방문하다 보면 별의별 일이 생기곤 한다. 회원 아이가 배가 고프다며 라면을 끓여 달라는 일도 생기고, 수업을 하기 싫다며 방문을 걸어 잠그는 아이도 있고, 혼자 있는 아이가 몸이 아파 간호해 주다가 집을 나서는 일도 있다.
 또 학부모들은 어떠한가. 본인이 갑이라는 마인드로, 학습지 하는 것을 고마운 줄 알라는 분위기를 풍기고, 방문 시간이 조금만 늦어도 아이 앞에서 교사를 잡으며 히스테리를 부리는가 하면, 수업을 잘 하나 못 하나 밖에서 몰래 엿듣고, 이번 달 두 주가 빠졌으니 회비를 그만큼 빼달라고도 한다.

학습지에 들어오기 전에 연우는 아이들이 마냥 예쁘고 귀여울 줄로만 알았다. 이미 때가 묻을 때로 묻은 중학생이나 고등학생들과 달리 초등학교 아이들은 그래도 순수한 면이 있을 것으로 여겼다. 물론 연우 자신을 돌이켜보면, 결코 그렇지만은 않았지만.

저녁이 가까워지는 시간이었다. 세 아이를 한 집에 모아 놓고 진행하는 논술 수업 시간이었다. 맞벌이 하는 아이 집에서 수업하는데, 한 아이가 아직 오지를 않았다. 그 아이는 항상 늦었다. 시간에 맞춰오거나 일찍 와서 기다리는 일이 없었다. 그 시간에 학원을 다니는 것도 아니고, 다른 일 때문에 그런 것도 아니었다. 공부에 대한 흥미가 워낙 없다 보니 그런 것이었다. 처음에는 기다려 주었지만, 나중에는 시간 되면 그냥 수업했다.

두 아이를 놓고 수업하는데, 갑자기 배가 아팠다. 너무 아파 참을 수 없을 정도였다. 수업 중에 이런 일은 없었다. 소변이 급하게 마려워 실례를 무릅쓰고 회원 집 화장실을 이용한 적은 있지만. 도저히 안 되겠다 싶어, 아이들에게 양해를 구하고 화장실로 뛰어갔다. 집안에 회원 어머니가 없었을 망정이지, 만약 계셨다면 큰일 날 상황이었다. 아마 점심 먹은

게 잘못된 모양이다. 화장실 변기에 앉자마자 설사를 했으니까. 그때 나머지 한 아이가 문을 열고 들어온다.
"야, 쌤, 안 왔어?"
"왔어."
"어딨어?"
"화장실."
잠시 침묵이 이어지다가, 아이들 소리가 들려온다.
"왜 안 나와?"
"똥 싸."
"똥 싼다구?"
아이들은 낄낄댄다.
"더럽게 똥을 싸냐."
"그러게 말야."
"화장실 걸어 잠글까?"
"그럴까, 못 나오게."
"화장실에서 디졌음 좋겠다."
"진짜 그랬음 좋겠다."
"변기에 빠져 디져라!"
집에 와서도 멍한 상태는 이어진다. 멍한 상태로 문을 열고, 안으로 들어선다. 다시 마주하게 되는 어둠, 어둠 속에 잠시 멍하니 서 있다가 불을 켠다.

수아의 일기

1.

연우는 지국 사무실에 갔다. 부족한 교재가 있어서 가져오기 위해서였다. 사무실에 온 김에 진도그래프도 챙기는데, 갑자기 수아가 교육실에서 나왔다. 그냥 나오는 게 아니고 뛰쳐나왔다. 그것도 울면서……. 뒤이어, 변 지구장이 교육실에서 나왔다.

연우는 가방을 들고 사무실 밖으로 나왔다. 그러나 수아는 보이지 않았다. 전화해 보았으나 받지를 않았다.

2.

다음날 고시원에 가니, 수아는 없었다. 고시원 사무실을 찾았다. 사무실은 비어 있었다. 전화를 하자 얼마 후, 총무가 나타났다. 수아에 대해 묻자, 그는 수아가 앰뷸런스에 실려 갔다고 했다. 총무의 얼굴은 어두웠다. 그는 잠시 머뭇거리더니 입을 열었다. 수아가 옥상에서, 고시원 건물 위에서 투신했다고.

연우는 병원으로 달려갔다. 병원에 도착하니, 수아는 이미 싸늘한 주검이 되어 영안실에 누워 있었다. 영안실에는 수아 이모가 있었다. 행색이 초라하고 걸음걸이가 부자연스러운 중년 여성이었다. 그녀는 경찰과 이야기를 나누고 있었다. 경찰이 물으면 그녀는 아무 표정 없이 대답했다. 수아는 아버지 사업체가 부도난 후 친척들과 연락이 끊겼고, 지방에 사는 이모하고만 가끔 연락했다. 이모도 한때는 재벌가 사모님이라 불리며 정원이 넓은 집에서 살았다. 그러나 남편과 이혼한 뒤 삶이 무너지기 시작했다. 이모는 병든 몸으로 식당에 나가고, 오래된 아파트 미화원으로도 일했다.
이모는 안 그래도 연우에게 연락을 취하려 했다고 했다. 수아의 휴대폰 카톡 대화를 보고 연우가 애인인 것으로 알았다면서.

소식을 접한 사업국장을 비롯해 지국장, 지구장들, 그리고 교사들이 장례식장을 찾아 조문했다. 사업국장은 수아 이모에게 말했다. 서류 몇 가지를 제출하면 산재 보험금을 받을 것이라고.
이어 수아의 투신자살에 대한 소문이 돌기 시작했다. 누군가 악의적으로 지어낸 소문으로, 그것은 교사들 사이에서 급속도로 퍼졌다. 부모와의 사이가 안 좋다더라, 남자친구와 헤어졌다더라, 무리한 다이어트를 했다더라, 앓고 있던 지병이 있었다더라, 심지어 필로폰 투약을 했다는 소문까지 나돌았다.

더는 조문을 와 주는 사람도 없고 경제적인 문제도 있어, 장례 절차 없이 곧바로 화장했다. 사람은 누구나 평등하게 죽는다는 말은 맞지 않았다. 살아서 약자였던 수아는 죽을 때도 소외된 약자였다. 수아의 생은 한 줌의 가루가 되었고, 연우는 유골함을 품에 안고 떠났다. 수아가 좋아하던 젤리와 초콜릿을 준비하고, 떠날 때 외롭지 않게 장미꽃도 준비해서.

수아와의 추억이 깃든 강가는 바람이 불었다. 연우는 유골함의 뚜껑을 열었다. 유골을 손으로 가만히 쥐었다. 수아의 몸은 아직도 따뜻했다. 하얀 가루가 된 수아는, 가볍게 부는 바람에도 쉽게 흩날렸다. 그것은 꽃잎이 되고, 나비가 되고, 햇빛이 되어 강물 위에 내려앉았다. 유골이 손바닥 위를 모두 떠났을 때, 연우는 뜨거워진 눈으로 마지막 작별인사를 했다. 수아야, 안녕. 아, 안녕…….

3.
화장 이후 교사들은 웅성대기 시작했다. 수아가 관리했던 과목을 인수인계하는 과정에서 관리과목과 인수인계과목의 차이가 발생했기 때문이었다. 수아가 관리한 것은 200여 과목. 그런데 실제 관리한 과목은 50여 개밖에 되지 않았다. 관리과목 절반 이상이 가라였던 것이다.

놀라운 일은 또다시 이어졌다. 그것은 연우가 직접 얻어 낸 정보였다. 연우는 수아 이모에게 전화했다.

"산재 보험금을 받았냐구요? 그거 받지 못했어요."

수화기 속에서 들려오는 수아 이모의 목소리는 힘이 없었다.

"그때 서류 제출하면 받는다고 하지 않으셨어요?"

"그랬는데, 자살의 경우는 산재로 인정받기가 어렵다네요."

"업무로 인한 자살은 산재 승인이 될 수 있을 텐데요. 혹시 산재 보험을 가입 안한 거 아니에요? 그런데도 받을 수 있다고 한 게……."

"모르겠어요."

"회사에서 보상금이나 위로금 같은 건 받았나요?"

"못 받았어요."

"한 푼도요?"

"네, 한 푼도……. 그건 그만두고 빚이나 없었으면……."

"빚요?"

"수아에게 빚이 있네요. 그것도 아주 많이……."

"얼마나 있는데요?"

"빌린 돈이 3천이 넘어요."

"네? 그럴 리가요."

"수아 어머니도 빚을 남기더니, 수아까지 빚을 남기고 가네요."

4.

연우는 서정희 교사에게 물었다. 수아에게 가라가 많고, 또 빚이 많은 것을 알고 있었는지를.

"아니, 전혀 몰랐어요. 나와 친했어도 수아 언닌 내게 그런 얘기한 적 없어요. 휴회를 내도 지구장이 잘 받아주지 않는다는 것만 가끔 말했을 뿐. 그거야 수아 언니뿐만 아니고 누구에게나 그런 거여서 그냥 그런가 보다 했죠. 이런 건 있었어요. 수아 언닌 너무 착했기 때문에 거절 같은 걸 못했어요. 지구장이 가라를 쓰라고 하면 순순히 따랐어요. 우린 쓸 때 쓰더라도 저항을 한 번쯤 했는데……. 난 수아 언니가 그렇게 많은 빚이 있는 줄도 몰랐어요. 수아 언니 형편이 좋지 않다는 건 알았지만……."

교사들은 마침내 움직이기 시작했다. 교사들은 경악했고 또한 분노했다. 처음에는 2지구 사람들끼리만 모였지만, 다른 지구 교사들도 참여했다. 교사들은 수아의 교실과 가라 과목들에 대해 이야기를 나누고, 수아의 투신자살이 회사와 무관하지 않음을 확인했다. 그리고 그 자리에서 많든 적든 다들 가라가 있고, 가라대납비용을 부담하고 있다는 사실을 알았다.

교사들은 지국장과 사업국장에게 따져 묻기로 했다. 이 사건을 절대 그냥 넘길 수 없고, 만약 교사들의 뜻이 받아들여지지 않을 경우, 지국과 본사를 상대로 싸울 것을 결의했다.

그런데 그때 본사 감사팀이 내려왔다. 감사팀은 즉시 조사를 벌였다. 지국장을 비롯해 지구장들과 교사들을 상대로.

그 뒤 죽은 수아에 대한 새로운 말이 돌았다. 수아가 우울증 환자였다는 것, 우울증 때문에 투신자살했다는 것, 정신과 진료 내역이 있다는 말까지 나돌았다. 이어 감사팀은 수아의 죽음이 우울증으로 인한 투신자살로, 학습지 일과 무관하다고 발표했다. 경찰 조사도 발표되었는데, 정신과 치료 경력이 있는 점의 근거로 경찰은 수아의 투신자살을 우울증으로 보아 개인 문제로 판명했다. 그러자 교사들은 입을 다물었다. 지국장과 사업국장에게 문제 제기 없이 침묵했다.

5.
"그럴 리 없어요. 뭔가 잘못 됐을 거예요!"
서정희 교사는 교사들에게 말했다.
"수아 언니는 우울증이랑은 거리가 멀어요. 2지구 선생님들은 다 아시잖아요. 수아 언니가 밝은 성격의 소유자였다는 거. 물론 우울해 보일 때가 있긴 했죠. 하지만 그건 많은 가라와 많은 빚 때문이었을 거예요."
반응이 없자 서정희 교사는 목소리를 높였다.
"그래요. 수아 언니가 정말 우울증 증세가 있었다고 쳐요. 경찰이 조사한 결과니까 사실 그게 맞겠죠. 하지만 우울증이 전부일까요? 수아 언니의 투신자살이 과연 부정업무와 관련 없다고 할 수 있을까요?"
"분명히 부정업무와 관련 있어요."
안연숙 교사도 나섰다.
"수아가 안고 있던 가라는 몇 개, 몇 십 개가 아니고 백과목이 넘어요. 선생님들도 잘 아시잖아요. 가라가 그만큼이면 그만큼의 가라대납비용을 부담해야 된다는 것을요. 이게 오래 지속됐다면 수아가 가진 채무 빚, 그 정도 충분히 되고도 남지요."

"나도 한마디 하죠."

이번에는 연우가 입을 열었다.

"2지구 선생님들은 다 아시지만 나와 홍수아 선생님과는 친굽니다. 대학 친구에요. 그래서 홍수아 선생님을 안다고 할 수 있죠. 물론 난 늦게 들어왔기 때문에 지국에서의 활동이나 그동안의 실적 같은 건 잘 모릅니다. 하지만 우울증에 대해선 확실하게 말할 수 있습니다. 방금 서정희 선생님은 홍수아 선생님이 우울증과는 거리가 멀다고 했는데 사실 그런 증세가 있긴 있었습니다. 본사 감사팀 조사와 경찰 조사가 틀리진 않아요. 정신과 치료를 받았으니까요. 하지만 그건 오년 전 일이에요. 그 당시 집안일로 인해 우울증을 겪었습니다. 약도 먹었구요. 그렇지만 그때 완치가 돼 더이상 약을 먹지 않았습니다. 그 뒤로 정신과에 간 적도 없었구요. 따라서 홍수아 선생님의 투신자살은 우울증과는 관계 없습니다."

그래도 교사들은 침묵했다.

6.

집에 오니 몸이 파김치가 된다. 아무것도 하고 싶지 않고, 그대로 쓰러져 자고 싶다. 배에서 꼬르륵꼬르륵 소리가 난다. 바닥에 누워 천정을 멍하니 바라본다. 몸이 이렇게 피곤한데 배고픔을 느끼다니, 이런 자신이 정말 싫다.

　연우는 상 위에 냄비 채 놓고 라면을 먹는다. 뜨거운 국물과 라면이 뱃속으로 들어가자 이제 좀 살 것 같다. 가슴에 가득했던 부정적 마음이 어느새 눈 녹듯 사라진다.

　연우는 책상 앞에 앉는다. 가만히 밑에 서랍을 연다. 서랍 안에는 여러 개의 USB가 들어 있다. 모양과 색깔은 다르지만 모두 끈이 달린 USB다. 연우는 그 중에 캐릭터 USB를 집는다. 그것은 바비 인형 캐릭터 모양으로, 메이크업 브러쉬 같이 생겼다. 앞면에는 바비 인형이 그려져 있고, 뒷면에는 바비 브랜드 로고가 핑크 폰트로 새겨져 있다. 흰색의 매끈한 유광 바디에 메이크업 브러쉬 모양으로, 브러쉬 털도 핑크 컬러다.

*

　그날 연우는 고시원을 다시 찾았다. 수아의 짐이 궁금하기도 했지만, 남아 있을 수아의 향기를 마지막으로 맡고 싶어서였다. 뒷골목에 위치한 낡고 허름한 고시원. 처음 와 본 것처럼 낯설었다. 수아가 쓰던 방은 비어 있었다. 벌써 물건을 누가 가져간 것이다. 물건을 가져갈 사람은 한 분밖에 없다. 친척 중에 유일하게 연락하며 지냈던 수아의 이모.

　이곳이 맞는가 싶어, 연우는 두리번거렸다. 발 뻗고 자기도 힘든 한 평 짜리 공간, 햇빛도 들어오지 않는 어둠침침한 방. 그러나 수아는 감각을 살려 이곳에 자신만의 공간을 꾸며 놓았다. 벽면 한쪽에는 패브릭 재질로 된 명화 포스터를 붙여 놓았다. 고흐의 '흐린 하늘을 배경으로 한 밀밭'이었다. 다른 한쪽에는 철망 인테리어로 꾸며 놓았는데, 그곳에 엽서와 사진들을 꽂아 놓고 미니 드라이플러워도 걸어 놓았다. 그리고 초에 불을 붙이면 은은한 향이 공간을 채울 것 같은 아로마 향초와 귀여운 새싹 화분과 스벅컵을 재활용한 연필꽂이를 놓았다. 천정에는 허함을 채우기 위해 노란 우산을 거꾸로 매달아 놓고.

그만 방을 나서려는데, USB가 눈에 띄었다. 처음에는 그것이 메이크업 브러쉬인 줄 알았다. 전자틱한 것이 아니라 디자인적인 측면이 강한 캐릭터 메모리였기 때문이었다. 그것은 방 한 구석에 떨어져 있었다. 더 일찍 발견할 수 있었을 텐데 바닥에는 휴지와 비닐봉지가 나뒹굴었다. 연우는 USB를 주었다. 아마 물건을 옮기는 과정에서 떨어진 것 같았다. 아니면 원래부터 그곳에 있었던 것일 수도 있고.

집에 돌아와 컴퓨터를 켜고 USB를 연결했다. 그런데 USB 인식 오류가 발생했다. 폴더도 열어볼 수 없고 아예 연결 자체가 되지 않았다. 몇 번을 시도해도 마찬가지였다. 데이터를 살릴 방법이 없을까 해서 인터넷을 검색해 보니, 이를 전문으로 해결해 주는 곳이 있었다.

연우는 직접 업체를 방문했다. 접수증에 이름을 쓰고 기기를 맡기자 기사가 나타났다. 기사는 시스템 오류가 생겨 자료가 안에 묶여 있다면서, 문서가 대부분이라 복구는 빨리 될 것이라고 했다. 다시 몇 시간 지나 데이터는 살아났다. 악성 코드로 인한 게 아니고 자체 시스템의 문제라 좋은 결과가 나온 것이다.

연우는 손에 든 USB를 가만히 움켜쥔다. USB가 마치 수아인 양 부드러움이 느껴진다. 오늘 수아의 일기를 보고 싶은 마음이 생긴다. USB 안에는 여러 개의 폴더가 있다. 사진 폴더와 리포트 폴더, 가계부 폴더, 일기 폴더 등. 사진 폴더와 리포트 폴더는 대학시절에 만든 것이고, 가계부 폴더와 일기 폴더는 휴학계를 낸 이후에 만든 것들이다. 연우의 관심을 끈 것은 당연히 일기 폴더. 수아의 일기를 바로 못 본 것은 약간의 부담 때문이었다. 아무리 친했던 사이고 주인이 곁에 없어도 그것은 실례되는 일이었다. 수아는 띄엄띄엄 일기를 썼다. 텀이 아주 길 때는 계절에 한 번 쓰기도 했다.

학습지 일을 시작하기 전까지 수아의 일기는 어두웠다. 어느 것은 어둠을 넘어 암흑이었다. 이것이 수아의 일기인가 하는 의구심이 들 정도였다. 꼭 다른 사람 이야기 같고, 극적인 면을 위해 일부러 꾸며 쓴 이야기 같았다.

8월 1일, 일요일

놀이터 벤치에 앉는다. 아이들이 떠난 놀이터는 까만 어둠이 몰려와 있다. 놀이터는 울타리처럼 나무들이 둘러서 있다. 가지가 늘어지고 잎이 가득한 나무들. 나무 위엔 새들이 있겠지. 지친 날개를 고이 접고서.

어둠 저편에서 차 소리가 꿈결처럼 들려온다. 그리고 사람들이 소리 없이 그림자처럼 지나간다. 간판불과 네온불빛들이 반짝이는 골목길. 작은 한 음식점에 사람들이 탁자에 둘러앉은 모습이 보인다. 술을 마시는 것 같고, 하얀 밥에 뜨거운 국물을 마시는 것도 같다. 그 옆에는 작은 만두집. 찜통에서 김이 모락모락 나고, 사람들이 홀리듯이 그 안으로 들어간다. 김치와 고기 소가 들어간 만두 냄새가 여기까지 폴폴 나는 것 같다.

골목길을 걷다가 편의점에 들어갔다. 안에는 어린 학생 몇몇이 창가 쪽 플라스틱 의자에 앉아 컵라면을 먹고 있었다. 역시 냄새가 코를 자극했다. 빵 코너로 갔다. 여러 종류의 빵이 한 곳에 놓여 있었다. 주머니를 뒤져보았다. 주머니엔 천 원짜리 지폐 달랑 두 장뿐. 쫀득쫀득한 식감을 기대하며 동그란 빵 하나와 네모진 빵 하나를 집었다.

천천히 걸음을 옮기며 안에 진열된 물건을 본다. 앞쪽에 있는 것만 빼고 진열된 것들은 거의 식품류다. 과자와 음료 등의 간식, 도시락과 삼각김밥류 등의 간편식, 치킨 등의 즉석조리상품. 주머니 속 돈을 만지작거리며 카운터 쪽을 슬쩍 본다. 알바생은 자리에 앉아 휴대폰을 들여다보고 있다. 나이는 이십대 후반 혹은 삼십대로 보인다. 고갤 숙여 얼굴은 볼 수 없다.

너무 허기져 이성을 잃었던 걸까, 아니면 허기를 주체할 수 없는 본능 때문이었을까. 나도 모르게 물건에 손이 갔다. 물건을 손에 쥐자마자 그것을 재빨리 가방 속에 넣었다. 시치미를 떼었지만, 가슴이 두근두근거렸다. 그런데도 미로인 듯 편의점 안을 돌고 또 돌았다. 정말 오늘 귀신이 씌운 모양이다. 남의 물건에 손 댄 적 없는데 저절로 손이 간다. 초콜릿에도 가고, 과자에도 가고, 삼각

김밥에도 손이 간다.

천천히 카운터로 향했다. 처음에 집은 빵 두 개를 들고서, 카운터 앞에서 돈을 주는데 손이 떨렸다. 손만 그런 게 아니고 온몸이 와들와들 떨렸다. 알바생은 이상한 눈초리로 보더니, 갑자기 가방을 보자고 했다.

순간 눈앞이 깜깜했다. 그와 함께 정신이 번쩍 드는 걸 느꼈다. 내가 말없이 고갤 수그리자 알바생은 가방을 나꿔챘고, 그리곤 허락 없이 가방 속을 뒤지기 시작했다.

편의점을 어떻게 나왔는지도 모른다. 나는 알바생에게 잘못했다고 빌었다. 그러나 그는 뿌리치며 경찰을 부르겠다고 했다. 얼굴이 곱게 생겨 용서해 주리라 여겼는데 단호했다. 아마 편의점 사장 친척이든가 피도 눈물도 없는 냉혈형 인간인 듯했다. 난 휴대폰을 쥔 그에게 울며 매달렸다. 잘못 했으니 한 번만, 제발 한 번만 용서해 달라고 무릎 꿇고 싹싹 빌었다.

집에 돌아와 난 울면서 빵을 먹었다.

1월 5일, 금요일

연수원에서 교육 받고 나서 사랑이란 단어를 마음에 새겼다. 사랑도 그냥 사랑이 아니다. 학습 브랜드와 같은 큰사랑이다.

학습지 교사로서 일할 때 사랑을 먼저 생각해야겠다. 아이들에 대한 사랑. 아니, 아이들에 대한 무조건적인 큰사랑을.

아이들을 사랑하면 아이들에게 많은 관심이 생기겠지. 관심은 곧 교육으로 이어질 테고. 학습준비를 철저히 해 아이들에게 질 좋은 교육을 선사하겠다. 밤새워 교재 연구를 해서라도 말이다.

지국에 배치되면 사랑의 힘으로 일하고 싶다. 사랑이 주는 아름다운 힘으로. 언제나 잊지 말아야지. 일을 함에 있어, 아이들을 대함에 있어 사랑이 먼저라는 사실을.

1월 8일, 월요일

M지국 2지구에 배치가 되었다. 2지구에는 교사들이 열 명 가까이 된다. 꽤 많은 인원이다. 거의 다 여자들이고 미스는 오직 나 혼자, 모두 결혼한 아줌마들이다. 그것도 나이가 많은, 육십대 여성도 일하고 있다.

연수원서도 이래서 당황했는데, 지국도 사정은 마찬가지다.

지구장은 남자다. 난 내가 소속된 지구장이 여자이길 바랐다. 이런 일엔 윗 관리자가 여자가 나을 거란 생각이 들었다. 여자가 부드럽고 대하기 편하니까. 지구장이랑 앞으로 부딪칠 일을 생각하니 우울해진다.

그런데 실상 접해 보니 그렇지 않다. 내 생각과는 많이 다르다. 지구장은 과목별 교재교본을 구해 주며 내가 교재 연구에 집중할 수 있게 해주고, 여러 가지 업무를 하나하나 세심하게 가르쳐 준다. 많은 걸 질문해도 귀찮거나 결코 싫은 내색을 하지 않는다. 어떤 상황에서도 목소리를 높이지 않고 나긋나긋하게 말한다. 남자지만 생크림처럼 부드러운 면이 있다.

이런 지구장을 만나 참 다행이다.

1월 10일, 수요일

지구장이 커피를 한 잔 타주며 내게 묻는다. 근무하면서 어려운 점이 없느냐고. 어려운 점이 없진 않지만 난 없다고 대답한다.
    지구장은 내게 점심도 사준다. 오늘은 설렁탕을 사주었다. 그닥 좋아하진 않지만 맛있게 먹었다.
    학위가 없기 때문에 날 우습게 여길 줄 알았는데 다행히 그런 게 없다. 그는 학위 얘기를 꺼내지 않았고, 그런 뉘앙스를 풍기지도 않는다. 날 다른 교사들과 똑같이 대해 준다. 지구장이 학위 문제를 들먹이면 어쩌나 했는데……
    지구장은 선임교사 수업에 내가 동행하도록 했다. 이른 바 참관수업이다. 사실 그건 별로 내키지 않는다. 아니, 좀 귀찮다. 도움은 되겠지만, 교실을 인수인계 받는 날 그때 경험해 보고 싶다. 그런데 참관수업이 두 시간 밖에 되지 않는다. 그 정도면 할만하다. 사무실 안에 있으나 밖에 있으나 어차피 시간은 흘러가니까.
    다른 선임교사 수업에도 참관을 했다. 확실히 그것은 도움이 됐다. 짧은 시간 안에 지도방법을 익힐 수 있었다.
    지구장은 술도 사주었다. 참관 수업했던 선생님들을 같이 불러서.
    정말 유쾌한 지구장이다.

1월 22일, 월요일
오늘 첫 수업을 나갔다.
    약속된 시간에 늦지 않으려고 구두 신고 뛰어다녔다. 일주일에 한 번 만나고, 또 주어진 짧은 시간을 알차게 보내기 위해 미리 교재 공부를 해 와, 수업은 그리 어렵지 않았다. 다만 십 분 안에 일주일 분량을 하기가 꽤나 벅찼다. 학습지도 포인트를 몰라 어렵기도 하고.

거기다 학부모 상담과 온라인 학습 프로그램도 다루어야 하고, 휴대폰 어플로 교사 학습자료도 다뤄야 해서 정신없는 하루였다.

그래도 아이들과 만나 소통하는 게 즐겁다. 의미 있고 보람된 일이다.

아이들에게 꿈과 사랑을 심어주는 교육 전문가가 되고 싶다.

3월 2일, 월요일

요즘 지국회의와 지구회의에 참석하면 모두 입회 이야기뿐이다. 회의를 시작해 회의가 끝날 때까지 입회 이야기만 늘어놓으며 교사들을 압박한다. 이 정도 되면 이름만 교사인 거지 영업사원이다. 아이들이 좋고 아이들 가르치는 게 좋아 들어온 건데.

교사들도 만나면 입회 이야기라 숨이 막힌다. 아침에 나가는 게 슬슬 귀찮아지고 사무실이 부담스럽다. 지국장과 지구장을 대하는 나의 태도도 전과 다름을 느낀다.

어쩌면 선생님이라는 타이틀을 너무 높게 봤던 것 같다. 들어오기 전에 학습지라는 곳을 좀더 꼼꼼하게 살폈어야 하는 후회가 든다. 주5일근무, 재택근무, 출퇴근 자유, 월 평균 300만 원 보장. 학습지 교사의 환상적인 근무조건. 그러나 현실은 식대와 교통비, 치료비까지도 자비로 해야 한다.

학습지 교사에 대한 기대가 커서 실망 또한 큰 것 같다. 애초 그런 기대를 하지 말았어야 하는 생각이 오늘따라 많이 든다.

4월 30일, 금요일

학습지는 가르치는 것만으론 안 된다. 지국과 날 위해 영업해야 한다. 영업하지 않으면 급여는 줄고, 지구장한테는 압박을 받는다.

난 가르치는 일은 좋아하지만 영업엔 맞지 않는 거 같다. 그전엔 몰랐는데 여기 들어와 분명히 알게 됐다. 내가 영업엔 영 꽝이라는 사실을.

위탁한 지 3개월 지나 마이너스를 기록했다. 이번 달 입회 1개, 퇴회가 4개다. 그러니까 실적이 -3이다. 퇴회를 내려 했지만 받아주질 않는다.

"다른 선생님들은 팀 목표가 모자라 가라 쓰는 판인데 뭡니까, 지금?"

지구장은 인상 쓰며 날 쳐다본다. 온화한 그의 모습은 온데간데없다.

이래서 첫 퇴회홀딩이 발생. 결국 내 돈으로 회비를 채워 넣음. 잊지 말아야지, 첫 퇴회홀딩한 이 날을 결코!

7.

연우는 편의점에서 사가지고 온 야식을 꺼낸다. 야식은 한 봉지 가득하다. 먼저 닭강정 뚜껑을 열어 전자레인지를 작동시킨다. 한 2분 정도 돌린다. 용기 안에는 닭강정과 함께 고구마도 들어 있다. 닭강정은 양념이 가득 발라져 있고, 바싹함은 없지만 매콤달콤하다. 고구마 역시 바싹함보다는 부드럽다.

야채곱창볶음도 전자레인지로 돌린다. 특제초장이 있어 그것을 뿌려 비빈다. 식당에서 가져온 것처럼 쫄깃쫄깃하고 새콤하다. 베트남 쌀국수는 뜨거운 물을 넣고 전자레인지에

조리한다. 냉동이라 그런지, 안에 숙주가 있고 양파도 들어 있다. 쌀국수 국물은 시원하고 담백하다. 꼬마김밥은 깨가 많이 들어 있다. 꼬마김밥이지만 턱없이 작은 크기는 아니고, 두께도 일반 김밥보다 조금 적을 뿐이다. 겨자소스가 있어, 거기에 찍어 먹는다. 매콤하다.

연우는 음식을 잔뜩 남긴 채 맥주 캔을 딴다. 독일 맥주다. 입 대고 한 모금 마신다. 맥주는 크리미하고 밀맥주답게 고소하다. 문득 생각난 듯 컴퓨터를 켠다. 가입한 카페에 들어가 게시물을 본다. 달았던 댓글에 추천이 있는지를 확인한다. 추천 3을 보고 애써 웃는다. 이번에는 블로그에 들어간다. 이 글 저 글 눌러보다가 그냥 나온다.

연우는 맥주를 마시며 비로소 TV에 시선을 준다. 톱스타들이 출연한 예능프로. 서로 웃긴답시고 이야기들을 하고 있으나 그리 웃기지 않는다. 연우는 기계적으로 채널을 돌린다. 대부분 지나간 방송 프로그램을 방영하고 있다. 케이블 채널은 자체 제작 프로그램이 많다고 하지만, 보기에 케이블 콘텐츠의 내용물에 큰 변화가 없다. 지상파의 제작 규모를 쫓아갈 수 없어선지, 공중파나 종합편성채널의 프로그램을 재전송해 편성표를 메우고 있다. 리모컨을 이리저리 눌러대다가 연우는 한곳에서 동작을 멈춘다. TV 화면에 연예인이 아닌, 그러나 낯익은 얼굴이 눈에 들어온다.

연우는 넋 나간 듯이 화면을 바라본다. 경제 채널에서 수재교육 회장이 인터뷰를 하고 있다. 언제 방송이 시작된 것인지, 앵커와 사업 이야기를 나누고 있다. 연우는 눈을 동그랗게 뜨고 본다.

▷앵커 : 수재교육은 매 해 20% 이상의 성장은 물론, 십년 연속 '학부모가 뽑은 교육브랜드 대상수상'으로 교육업계 최고의 기업으로 우뚝 솟았습니다. 그 비결이 무엇이라고 생각합니까?

▶회장 : 아마 그것은 지금까지 변하지 않는 우리 회사의 신념과 교육에 대한 가치 때문일 겁니다. 우리는 아이들에 대한 큰사랑을 표방하고 있습니다. 그것의 구체적 표현으로 연구개발과 교사교육을 들 수 있습니다. 우리는 교재 연구개발에 과감한 투자를 하고 있어요. 최고의 교재를 만들어 제공하는 게 아이들에 대한 최고의 사랑이라고 여기고 있습니다. 그리고 우리는 전체 매출의 3%를 연간 교사 교육비로 지출하고 있습니다. 우수한 교사가 곧 우수한 학생을 길러낸다는 그런 믿음을 가지고 있지요.

▷앵커 : 이건 회장님께서 듣기 좀 거북하실 수 있겠는데, 일에 비해 교사들 수입이 좀 낮다는 지적이 있습니다. 근무시간 대비 최저 임금 수준에도 못 미친다고 합니다. 물론 이건 학습지 회사 전반에 대한 것이겠지만요.

▶회장 : 그건 그렇지 않습니다.

▷앵커 : 수입이 낮다는 말씀이 아니란 말입니까?

▶회장 : 그렇지요. 현재 교사들 수수료가 월 삼백 가까이 됩니다. 그 정도면 낮다고 볼 수 없죠.

▷앵커 : 근무시간도 너무 늦다고 하던데요?

▶회장 : 허허. 그건 몰라서 하는 얘깁니다. 우리 선생님들은 모두 오후에 출근을 합니다. 오전에는 집에서 푹 쉬지요. 오전 늦게까지 늦잠도 잡니다. 점심 드시고 한참 있다 오후부터 일을 하기 때문에 일반 직장인들과 비교해선 안 됩니다. 일이 좀 늦는 건 사실입니다. 밤 여덟 시쯤 끝나는데, 말했다시피 오후에 일을 시작하기 때문에 그런 겁니다.

▷앵커 : 계속 껄끄러운 얘기를 하게 되는데, 회사 측에서 교사들에게 영업 행위를 너무 강요한다는 이야기를 들었습니다. 그 점에 대해서는 어떻게 생각하세요?

▶회장 : 그런 일 없습니다. 우린 영업 안 해도 이미 회원들이 너무 많은 상태고 또 회사 이미지가 좋아 입회가 저절로 이루어지고 있습니다. 허허. 다른 업체 이야긴가 보네요.

▷앵커 : 가라 입회니 퇴회홀딩 같은 것은요?

▶회장 : 명색이 교육회산데 그런 게 있겠습니까? 이런 건 있겠네요. 우리는 매달 우수 교사 시상을 하는데, 간혹 자질

이 덜 된 교사들이 시상에 대한 욕심 때문에 가라 입회와 퇴회홀딩을 한다는 얘길 들었습니다. 저는 그때 감사팀에게 지시를 내렸습니다. 철저하게 조사해 다신 그런 일이 발생되지 않도록 엄한 조치를 취하라고요.

▷앵커 : 회장님은 사회공헌 활동도 많이 하시죠? 특히 아이들과 노인들에 대해서 말이죠.

▶회장 : 네. 현재 결손 가정 아이들과 저소득층 아이들을 위해 봉사활동을 펼치고 있습니다. 그리고 독거 노인들에게는 사랑의 쌀과 식료품을 전해주고 있습니다.

▷앵커 : 끝으로 회장님 한 말씀 해주십시오.

▶회장 : 수재교육의 핵심가치는 '큰사랑'입니다. 이 핵심가치는 회사 경영에 있어 가장 중요한 의사 결정의 기준입니다. 이 핵심가치 안에서 우리는 교육과 서비스, 행동, 말 한마디까지 고민합니다.

▷앵커 : 세상을 바꾸는 사람들의 특별한 매력에 빠져보는 시간. 오늘 파워 인터뷰에서는 학습지 업계의 마이다스손인 박영평 회장님을 모시고 얘길 나누어 보았습니다. 그럼, 다음 시간까지 안녕히 계십시오.

연우는 다시 멍한 상태에 빠져 버린다.

화면에서 눈을 떼지 못하지만, 이미 프로그램은 끝나고 광고가 나오고 있다. 아직도 눈앞에 회장의 모습이 어른거린다. 단정한 양복 차림과 잔잔한 미소, 그리고 그의 철면피의 궤변들.

연우는 맥주 캔을 쥔 채 몸을 부르르 떤다.

8.

연우는 USB 메모리를 컴퓨터의 USB 포트에 꽂는다. 그리고 일기 폴더를 클릭한다.

다시 한 번 클릭한 다음 가벼운 숨을 내쉰다. 이어 모니터 화면을 가득 채운 글자들. 그것은 수아의 혼이 깃든 파편 같다. 연우는 움직임을 멈춘 채 화면을 꿈꾸듯이 응시한다. 마치 그 속에서 수아의 숨결을 느끼려고 하듯이.

5월 2일, 금요일

지구장이 내게 오늘 황당한 말을 했다. 급여 얘기 중에 한 말인데, 그는 갑자기 내게 묻는다. 급여 받아 그 많은 돈을 다 어디다 쓰냐고.

그가 내 수익을 모를 리 없다. 얼마 받는지 대략 알고 있다. 혹 받는 급여가 많다면 이해하겠다. 급여라고 해봤자 몇 푼 안 되는데……

부모 집에 살며 급여를 받는 거라면 또 모른다. 그러면 생활비 같은 건 들지 않으니까.

그러나 혼자 산다는 걸 그가 알고 있다. 원룸에 있는 것까진 모르지만 혼자서 생활하고 있음을.

이것저것 나가는 돈이 꽤 된다. 월세와 식비, 통신비, 보험비, 생활비 등. 이걸 쓰고 나면 남는 게 없다. 옷 하나 사기도 어려운 상황이다.

지구장은 또 내게 이렇게 말한다.

돈 벌어 이상한 곳에 쓰는 건 아니냐고. 이상한 곳이라니……. 그는 내게 다시 결정타를 날린다. 만약 내가 자기 동생이라면 가만두지 않겠다고, 심하게 혼을 내겠다고.

그는 평소에도 내게 그런다. 꾸미고 살라고, 교사가 가정집 방문하는데 꾸며야 되지 않느냐고. 괜히 내게 닦달한다. 옷 좀 사 입어라, 화장 좀 해라, 헤어에 신경 써라 등등.

내가 그 정도는 아닌데…….

6월 7일, 목요일

지구장은 내가 대학 중퇴임을 지적했다. 그것에 대해 말이 없어 내심 좋게 여겼는데, 학습지 교사로서 그건 내게 아킬레스건이다. 그것 때문에 다른 사람들 앞에서 괜히 위축이 되고, 과연 내가 아이들을 가르칠 자격이 있는가라는 생각도 들었다.

"대학 중퇴하구 여기서 일하는 걸 감지덕지 해!"

이러는가 하면,

"사실 내보내고 싶지만, 연수 받고 와서 어쩔 수 없이 쓰는 거야."

그리고 영업에 관해선 이런 말도 한다.

"능력이 부족해 입회 못한 건 아니구?"
"교육이 딸리면 영업력이라도 있어야 되는 거 아냐?"

7월 20일, 수요일

학습지 교사는 외부에서 보면 돈을 많이 벌 것처럼 보인다. 그러나 일해 보면 백만 원 벌기도 힘들다.

돈을 더 벌려면 과목을 더 받아야 되는데 그만큼 가방은 무거워지고 신발은 빨리 달 것이다.

어디 그뿐인가. 관리자들에게 아첨과 아부를 잘해야만 된다. 이상한 세계에서 살려면 이상한 세계에 맞춰 사는 방법밖엔 없다.

8월 30일, 화요일

일주일에 한 번 과목당 10분 정도 수업한다. 회사에서 만든 교재를 가지고.

교재에 대해 회사는 이렇게 말한다. 교재가 쉽게 설명돼 회원 스스로 문제 풀고 해독하면서 지식을 쌓게 해준다고. 교재 자체가 교사의 역할을 충분히 하고 있어 교사는 할 게 아무것도 없다는 듯이.

과연 그럴까. 그것은 공부 잘 하는 아이나 회원모가 옆에서 도와주는 아이나 그렇다. 대개의 아이들은 교사의 도움을 받아야 한다. 그래야 학습 효과가 있다.

회사는 교사들 어깨에 교육의 짐을 잔뜩 짊어지게 해놓고, 할 게 뭐 있느냐는 식이다. 교활하기가 뱀보다 더한 것 같다.

또 회사는 교사들에게 대우할 생각이 전혀 없으면서 교사라는 수식어를 붙여준다. 그러면서 티칭 업무에 상담 업무, 회비수납, 영업까지 모든 업무를 떠맡긴다.

그럴 바에는 차라리 배달원이 되었으면 한다. 배달원한테도 교재비의 30～40%는 떼어줄 테니까. 교사라는 그럴 듯한 호칭을 붙여주고 온갖 역할을 떠맡긴다.

참, 이상한 조직이다.

10월 13일, 수요일

아, 일하기가 정말 싫다. 먼 데로, 내가 알지 못하는 아득한 곳으로 떠나고 싶다.

12월 6일, 화요일

하루에도 몇 번씩 이 일을 관두고 싶은 마음이 든다.

그런데도 난 이 일을 계속하고 있다. 왜 그만두지 못할까. 그것은 아이들 때문이다. 날 속썩이는 아이도 꽤 있지만 그래도 아이들은 내 힘의 원동력이다. 아이들이 날 좋아해 주니. 아니, 날 필요로 하는 아이들이 있으니까.

아이들은 자기 이름만 내가 불러주길 원한다.

오직 자기 얘기만 들어주길 원한다. 난 거기에 기꺼이 응해 준다. 아이들 이름을 사랑스럽게 불러주고, 아이들 얘기를 새소리처럼 듣는다.

그래서 그럴까, 아이들은 일주일 동안 나만 기다린다. 내가 오면 특급 환대를 해준다. 어떤 아이는 스티커를 주고, 어떤 아이는 자기가 아끼는 장난감을 주고 또 어떤 아이는 부끄러워하며 초콜릿을 내민다.

내 회원 중엔 특별한 아이가 있다.

일곱 살인 남자아이 윤우. 윤우는 소아마비로 인해 지체 장애가 있는 아이다. 혼자서는 자기 몸을 가누지 못한다. 그래서 늘 침대에 누워 있다. 의자에 앉혀 놓으면 옆으로 쓰러진다. 말도 하지 못한다.

윤우의 지적 수준은 두 살 아이 정도. 사실 학습할 수 있는 아이가 아니다. 선 긋기나 한글도 가르칠 수 없다.

윤우 어머니는 윤우가 목요일을 너무 기다린다고 한다. 내가 오기만을 목 빠지게 기다린다고. 그래서 학습지를 끊고 싶어도 끊지 못한다고.

윤우와의 수업은 교재가 필요 없다. 윤우와 그저 놀아주는 게 최선의 방법. 윤우에게 말 걸고 이야기 해주고 손 잡아주고 흐르는 침 닦아 주고 머리를 쓰다듬어 주는 것일 뿐.

원칙대로라면 십 분에 마쳐야 한다. 그러나 난 십 분을 넘긴다. 이십 분, 때로는 삼십 분 가까이 윤우 곁에 머문다.

윤우 집을 나서면 목이 너무 아프다.

기운이 다 빠져 다음 집 방문할 힘도 없다. 어느 땐 윤우를 포기할까 하는 마음이 든다. 그러나 곧 마음을 바꾼다. 내가 받아주지 않으면 누가 윤우를 받아줄까.

윤우를 위해 책을 사야겠다. 정신 지체 아동에 관한 책을.

9.

도심 거리는 무척 한산하다. 코로나 때문에 작은 시골 마을처럼 고요하기까지 하다. 오랜만에 텅 빈 거리를 보니, 낯선 느낌이 든다. 사람들은 마스크를 착용하고 있다. 행인들 모두가 마스크를 착용한 모습으로, 불안한지 마스크를 감싸 누르기도 한다. 게다가 미세먼지로 인해 거리는 안개가 낀 듯 뿌옇다. 마치 사막 한 가운데 있는 것 같은 착각을 불러일으킨다. 차들은 서행을 한다. 가시거리가 짧아 전조등이나 미등을 켠 채 운전을 한다.

사업국장실은 업무용 테이블과 함께 간단한 미팅과 대화 등을 나눌 수 있게 테이블과 의자가 비치되어 있다. 바닥은 발의 피로와 소음에 좋은 카펫 시공으로 실용적이면서도 고급스러운 느낌이고, 벽면에 선반을 설치해 회사의 주력 교재와 회사의 상패 같은 것을 진열해 놓고 있다. 그리고 또 다른 벽면에는 현황판이 설치되어 있다. 거기에는 사업국에서 관할하는 여러 지국의 영업 실적이 숫자로 낱낱이 기록돼 있다.

사업국장의 집무 책상에는 가족사진이 있다. 또한 회장과 함께 찍은 사진도 같이 놓아두고 있다. 사업국장은 흰머리가 듬성듬성한 반백의 중년으로 몸집이 뚱뚱한 편이다. 얼굴은 기름기가 줄줄 흐르고, 인상은 왠지 능글능글해 보인다.

연우는 숨을 죽이며 자리에 앉아 있다. 옆에 서정희 교사와 안연숙 교사도 자못 긴장된 모습이다. 전날 같이 논의해서 준비는 어느 정도 된 상태다. 연우는 먼저 변 지구장과 접촉하려고 했다. 그는 수아가 속한 2지구 관리자이며 책임자였다. 따라서 수아 사건의 핵심 인물이었다. 그러나 서정희 교사와 안연숙 교사가 반대했다. 변 지구장과 이야기해봤자 아무런 소득이 없다며. 그는 말단 직원이라 힘이 없고, 오히려 그에게 찍히는 결과만 초래한다고 했다. 그것은 지국장도 마찬가지라고 했다. 지국장은 힘이 없는 사람이라고 했다. 그녀들은 사업국장을 만나자고 했다. 사업국장은 수아 사건을 해결할 수 있는 그런 직위에 있는 분이라면서.

"아, M지국 전사들이시군요."

사업국장은 통화를 끝내고 자리에 앉는다.

"안연숙 선생님, 그리고 서정희 선생님 오랜만입니다. 그런데 이분은 누구시더라? 낯이 익은 분 같긴 한데……."

"M지국에 근무하는 오연우라고 합니다. 지난해에 입사해 잘 모르실 겁니다."

"아, 그렇군요."

그때 여직원이 와서 탁자 위에 차를 놓고 간다.

"자, 들어요. 마시면서 우리 얘기합시다."

아침에 커피를 마셨기 때문에 앞에 녹차가 놓여 있다. 연우는 김이 모락모락 나는 잔을 들어 한 모금 마신다. 맛보다 은은한 녹차향으로, 머리가 좀 맑아지는 느낌이다.

"그래, 내게 할 말이라는 게 무어지요? 바쁘실 텐데 날 찾아온 거 보면 꽤나 중요한 일 같은데……."

사업국장은 너털웃음을 지어 보인다.

"국장님, 죽은 홍수아 선생님 때문에 왔어요."

안연숙 교사가 먼저 말문을 연다. 사업국장은 짐작했다는 듯이 고개를 끄덕인다.

"국장님, 홍수아 선생님이 사망했는데 현재 아무것도 해결된 게 없습니다. 어떻게 된 건가요?"

"그 일은 이미 해결되지 않았습니까. 그건 선생님들도 잘 아실 텐데요……."

"뭐가 해결됐나요?"

"경찰 조사 결과 우울증으로 인한 투신자살로 판명이 났습니다. 따라서 홍수아 선생님의 사인은 개인적 사유에 의한 것이라는 게 회사의 입장이에요."

"그러니까 회사는 아무 책임이 없다는 것인가요?"

"지극히 개인적인 원인으로 발생한 사건을 회사와 결부시키는 건 옳지 않습니다."

"홍수아 선생님의 죽음을 개인적 죽음으로 치부하지 마세요."

안연숙 교사는 사업국장을 똑바로 바라본다.

"국장님, 홍수아 선생님이 관리한 과목 중에서 가라가 몇 개였는지 아세요?"

옆에 앉은 서정희 교사가 묻는다.

"잘은 몰라도 많다는 얘길 들었어요."

"홍수아 선생님은 그 당시 200여 과목을 관리했습니다. 그런데 실제 수업은 50여 과목밖에 되지 않았어요. 나머진 가라인 거였죠. 그래서 매달 본인의 돈을 회사에 받쳐야 했어요."

"나도 그 얘길 들었습니다. 어떻게 된 건지 지국장에게 물으니 자기네들도 몰랐다고 합디다. 혹시 부당 영업 강요가 있었나 해서 물었는데 것도 없다고 했어요. 그러면서 이런 얘기를 했어요. 인센티브와 수수료율 때문에 본인 스스로 가라를 올렸을 거라고…….."

"국장님, 그걸 지금 말이라고 하십니까? 그걸 믿습니까? 교사들이 워낙 많다 보니 그런 분들도 있긴 하겠지요. 전혀 없다곤 할 수 없겠지요. 그러나 홍수아 선생님은 아닙니다. 우리 교사들이 그렇게 바보인 줄 아세요. 우리가 손익도 계산 못할 줄 아십니까. 그거요, 사실대로 말해 드릴께요. 지구장이 시켜서 그런 거예요. 지구와 지국 실적을 올리려구요. 국장님도 잘 아시지 않습니까?"

"암튼 난 그게 홍수아 선생님의 사인과 관련 있다곤 생각 안 합니다."

"아니, 사인과 관련 있어요."

"사인은 우울증인 걸로 밝혀졌어요."

"우울증은 오년 전에 있었고, 그때 완치됐습니다."

이번에는 연우가 나서서 말한다.

"그렇기 때문에 홍수아 선생님이 투신자살한 건 우울증이 원인이 아닙니다."

"우울증 환자였다는 건 사실이지 않아요. 그게 오년 전이든, 일 년 전이든……."

"그땐 약을 먹지 않았습니다. 병원에 간 일도 없었구요."

"우리도 홍수아 선생님의 죽음을 매우 안타깝게 여기고 있어요. 하지만 경찰 조사 결과를 믿을 수밖에 없어요."

"우린 못 믿습니다."

연우는 분명한 어조로 말한다.

"우린 지금 이 자리에서 국장님께 요구합니다. 홍수아 선생님의 사인에 대한 명확한 해명과 관리자들에 대한 조사와 처벌, 그리고 회사 측의 공식적인 사과 또 유족에 대한 보상 등을 요구합니다."

"대체 왜들 이러는 거요!"

사업국장은 비로소 목소리를 높인다.

"이러는 이유가 대체 뭐요? 누가 보내서 온 겁니까?"

"그런 거 아닙니다."

서정희 교사가 다시 말을 받는다.

"이게 M지국 교사들 전체 의견입니까? 선생님들이 M지국 교사 대표로 방문한 건가요?"

"그건 아니에요."

"그럼 노조 대표로 왔나요?"

"아닙니다."

"그럼 알겠소. 답변을 줄 테니 이제 돌아들 가시오!"

10.

집에 돌아와 책상 앞에 앉는다. 피곤이 밀려오고 몸은 천근만근이다. 아무 의욕이 없고 정신은 흐릿하다. 연우는 책상 위를 물끄러미 내려다본다. 책상 위에는 전공과목이 켜켜이 쌓여 있다. 잔을 들어 호로록 커피를 마신다. 커피의 카페인이 피곤을 날려주고 몽롱한 정신을 깨워준다.

창밖으로 차 소리가 희미하게 들리고, 어디선가 고양이 울음소리가 구슬프게 들려온다. 수아의 일기를 본다.

2월 4일, 금요일
 문득 신입 연수원 시절, 선배 교사와의 시간이 생각난다.
 그때 신입 교사들을 모아 놓고 강의했던 선배 교사들. 그들은 당당해 보였고 왠지 여유 있어 보였다. 그들은 자신의 경험담을 들려주었는데, 모두 장밋빛 이야기로 가득했다.
 그들의 이야기를 들으며 미래의 희망으로 가슴이 부풀어 올랐다. 이곳에 들어오길 참 잘했다는 생각을 했다.
 그러나 지금 돌이켜 보면 쓴웃음 밖에 나오지 않는다. 그들은 아마도 회사 측으로부터 좋은 이야기만, 신입 교사들에게 혹하는 얘기만 하도록 부탁 받은 거 같다. 만약 실제 경험담을 밝힌다면 신입 교사들이 연수원을 떠날테니까.

 처음엔 신규 회원 입회가 잘 되었다. 기존 회원이 다른 과목을 추가로 하거나 동생이나 누나가 같이 하기도 하고 또 회원모가 다른 아이를 소개시켜 주었다. 그러나 시간이 흐를수록 입회는 점점 줄어들었다.
 입회가 줄다 보니 가짜입회를 쓰게 됐다. 물론 내 스스로 쓴 건 아니다. 지구장의 압력 때문에 어쩔 수 없이……
 그는 다른 교사와 비교하며 인신공격을 하고 또 참을 수 없는 모욕을 주었다.
 일테면 아무개 교사는 늦게 입사했는데도 입회률이 좋아 2지구

실적을 올리고 있는데 넌 뭐냐는 식이고, 신규 입회자가 있는데 등록 안 하고 회비를 날름한 거 아니냐며 의심의 눈초리를 보냈다.
　어느 땐 노골적으로 가짜입회를 쓰라고 했다. 다른 교사들도 다 그렇게 한다면서. 가짜입회 개수까지 말해 주며 그것을 채우지 않으면 주말 홍보와 휴일에 사무실 출근이 있다고 압박했다.
　그는 또 내게 강요한다. 자기가 다니는 교회에 나오라고. 교회에 나오면 휴회를 받아주겠다면서.

　난 오늘도 가짜입회를 썼다. 누굴 써야 하나 해서 대학 동기들 이름을 썼다.
　이런 곳에 이름을 써서, 그 애들한테 미안할 뿐이다.

4월 30일, 화요일
　이번 달 역시 입회보다 퇴회가 더 많다. 퇴회 난 과목이 열 개나 된다.
　난 어쩔 수 없이 퇴회 개수를 줄여 말한다. 2개는 내가 끌어안고 8개를 내겠다고. 그런데도 그게 통하지 않는다. 이번에는 5개를 제시한다. 지구장은 그래도 고갤 젓는다.
　입회를 올렸다가 회원 사정으로 학습을 못하게 된 회원이 있는데, 지구장은 그것도 받아주질 않는다.

6월 1일, 목요일
　거짓으로 올린 회원과 처리 못한 퇴회 회원.
　이를 합치니 가라 회원 수가 매달 열 개가 넘는다.

그것은 고스란히 내 돈으로 메꾸게 된다.
그것도 제 날짜에 입금해야 한다.

회사에서는 100% 입금을 요구한다. 만약 미납 회비가 있을 땐 내 통장에서 돈을 마음대로 빼 간다.

8월 12일, 수요일
오늘 사무실에서 지구장에게 뺨을 맞았다. 난 퇴회 6개를 다 내려 했고, 지구장은 1개만 내라고 했다. 낸다, 못 낸다 하다가 그런 일을 당한 것이다.
관리자에게 뺨을 맞고도 제대로 대응 못하는 것이 학습지 교사인 거 같다.
답답하다. 학습지 교사가 한 둘이 아닌데, 관리자에 비해 비교할 수도 없이 많은 인원인데, 아무 힘을 못 쓰다니……

관리자들은 학습지 교사들을 지배한다. 마치 밀폐된 우리의 짐승들처럼. 그들은 맛있는 고기를 먹기 위해 사육하고 그리고 나중에는 무자비하게 도살한다.
그래서 그럴까, 교사들은 어느 사이 순한 양이 되어 버렸다.
가라만 해도 그렇다. 모두 다 가지고 있는데 아무 말 않는다. 가라 입회가 잘못 되었다고 생각하지도 않는다.

11.
교실을 도는데 전화벨이 울린다. 변 지구장이다. 때 없이 아무 때나 전화하지만, 왠지 느낌이 좋지 않다. 입회를 묻는 전화가 아닐 것이라는 생각이 든다.
"오연우 선생님, 사업국 가서 국장님 만났나요?"
역시 예상한대로다.
"네, 만났습니다."
"왜 만났죠?"
여느 때와 달리 딱딱하고 싸늘한 목소리다.
"국장님께 할 말이 있어서요."
"무슨 할 말요?"
"고 홍수아 선생님 문제 때문에요."
"선생님이 왜 그 분 얘길 국장님께 해요?"
"회사에서 아무런 책임을 지지 않아서 그랬어요. 원인이 부정업무 때문인데 우울증으로 투신자살한 걸로 누명까지 씌워서……."
"지금 뭔 소리 하는 거예요. 그리고 국장님께 그걸 얘기하면 어떡해요! 지금 정신이 있어요, 없어요? 오 선생님이 뭔데 얘기해요. 고참들도 가만히 있는데 왜 말 같잖은 소릴 해대요!"
"난 당연히 할 말을 했어요."
"그런 얘기할 시간 있음 입회나 해요! 선생님이 한 행동이 여러 사람에게 영향 미친다는 거 몰라요. 선생님 때문에 지 국장님과 내가 얼마나 깨진 줄 알아요? 선생님의 몰지각한 행동 때문에……."
"왜 그게 몰지각한 행동이예요. 난 동료 선생님, 아니 내

친구의 억울한 죽음에 대해 항의했을 뿐인데……."
"그래도 못 알아들어요, 말귀를?"
"네, 못 알아듣습니다!"
연우는 전화를 끊어 버린다.

*

연우는 곧 변 지구장에게 응징을 당하기 시작했다. 그 첫 번째가 알짜베기 교실 하나를 빼앗긴 일이다. 연우가 방문하는 아파트 지역은 교실이 두 개다. 하나는 A아파트, 다른 하나는 G아파트. 그 중에 활성화된 교실은 A아파트다. A아파트는 연우의 교실 중에서 가장 안정된 교실이다.

A아파트는 회원이 사십여 명 된다. 5개 교실 중에서 회원이 가장 많고, 그것은 주택 지역의 배가 되는 인원이다. 회원들은 대부분 초등학생이다. 기존 회원은 얼마 되지 않고 연우가 입회시킨 신규 회원이 거의 대다수로, 다른 교실에 비해 회원들 수준이 높다. 학습 체크만 해주면 되고, 교재도 밀리지 않아 크게 신경 쓸 게 없다.

아파트 지역은 입소문이 빠르고 회원모들이 까다롭지만 그것이 오히려 장점으로 작용한다. 연우의 성실한 회원 관리에 회원모들이 아이들을 많이 소개시켜 주었다. 여러 교실 중에서 이동 시간이 짧고 회비도 잘 걷혀 좋은 교실이었는데 변 지구장이 강명자 교사에게 넘기게 했고, 연우에게는 그녀의 안 좋은 교실을 받도록 했다.

강명자 교사에게 받은 교실은 주택 지역이다. 주택 지역이 좋은 점도 있지만 강명자 교사한테 받은 교실은 지역이 넓고, 그에 비해 과목 수는 적었다. 그것도 중등 회원과 고등 회원이 많았다. 과목 수가 적은데도 이동 거리가 넓다 보니, 수업 마치는 시간이 자정에 가까웠다.

그러나 그보다 더 큰 문제는 퇴회였다. 첫날은 아무 말 없더니, 두 번째 방문하자 여기저기서 학습지를 끊겠다고 난리였다. 연우는 이제 와 그만 두면 어쩌냐고 했다. 지금 그만 두면 인수인계 받은 교사가 손해라고 했다. 그러자 선임 교사에게 퇴회 의사를 밝혔다고 했다. 그녀에게 또 한 번 당한 것이었다.

*

지국회의를 마치고 서정희 교사와 함께 쌀국수집을 찾았다. 가게 내부는 주방을 둘러쌓은 채 바 테이블로 이루어졌다. 안쪽에 주방이 보였다. 오픈형이라 믿고 먹을 수 있는 곳이란 생각이 들었다. 점심시간 전이라 직장인은 보이지 않았다. 포장해 가는 분들이 있고, 동네 주민인 듯한 사람들이 눈에 띄었다.

기본 세팅이 이루어지고, 오분 정도 지나 쌀국수가 나왔다. 양이 꽤 푸짐하다. 고기와 양파가 들어 있고, 면이 가득 들어 있다. 한 그릇 다 먹으면 몸보신이 될 것 같다. 연우는 국물을 들이켰다. 국물은 기대 이상으로 진하다. 특유의 미묘한 향신료향이 나고, 그리고 국물 자체가 깔끔하다. 젓가락으로 뒤적이니 밑에 숙주와 면이 많다. 생면이라 면은 부드럽게 잘 넘어가고, 고기는 잘게 찢어져 먹기에 부담이 없다.

식사 마치기를 기다렸다가, 연우는 어젯밤 결심한 것을 서정희 교사에게 전했다.

"본사 앞에서 시위를 하겠다구요?"

그녀는 눈을 동그랗게 뜬다.

"네."

"그것은 생각해 봐야 할 거 같은데요."

"생각요?"

"본사 앞에서 하는 시위는 파장이 너무 커요."

"그걸 노리려고 하는 거예요."

"본사를 상대로 싸우는 건 무리에요. 본사는 거대 조직이 있고 막강한 힘을 가졌어요."

"그래도 싸워야지요."

"이번엔 지국에서 선생님을 가만두지 않을 거예요."

"각오하고 있어요."

"관리자들 보기보다 악랄해요. 괴롭히는 거 보면 정말 무서워요. 특히 자기들 밥줄을 위협할 경우엔 가차 없어요. 월급 떼어가고 자동차와 집을 가압류하고 고소 고발도 해요. 그래서 결국 범법자와 해고자로 만들고 채무 불이행자로 등재해 신용 불량자로 만들어 버려요."

그녀는 물 한 모금을 마신다.

"지금 선생님에 대한 나쁜 소문이 돌아요."

"네?"

"선생님이 술 마시고 교실을 돌았다는 소문이 돌고, 특별

한 목적을 위해 잠입한 위장취업자라는 소문도 있어요. 그리고 몰카를 찍는다는 소문도 돌아요. 무음 카메라 앱을 이용해서 말이에요"

"나에 대한 공격을 본격화했군요."

연우는 입술을 질끈 깨문다.

12.

지난 밤 비가 내려서일까, 아침 기온이 뚝 떨어져 꽤 쌀쌀하다. 옷을 좀 두껍게 입고 올 걸 하는 후회가 든다. 추위에 비교적 강한 체질이라 대수롭지 않게 여겼는데, 손끝이 시리고 바람까지 불어 추위가 더 느껴진다.

교사들의 힘을 기대할 수 없는 상황에서 연우는 일인 시위를 생각해 보았다. 일인 시위란 무엇인가. 그것은 억울한 일이 있지만 힘이 없을 때 사람들에게 알리는 하나의 방법이다. 엄연히 시위의 한 형태지만, 비폭력적인데다 공공질서도 해치지 않아 과거보다 진일보한 시위. 연우는 광화문 광장이나 시청 같은 곳에서 일인 시위를 하는 사람들을 종종 보곤 했다. 많은 사람들이 집단을 이뤄 무질서하고 어수선하게 시위하는 모습에 비해 그들은 조용한 일인 시위를 펼쳤다. 마이크를 들며 떠들어대는 경우도 있지만, 대부분 침묵의 시위였다.

그때 연우는 생각했다. 그들의 작은 목소리에, 침묵의 시위에도 우리가 귀 기울이지 않는다면 진실과 정의는 이 사회에서 발붙일 수 없을 것이라고.

임용시험이 바로 코앞으로 다가와 연우는 갈등했다. 이

제 1분 1초도 아까운데 일인 시위를 하겠다는 건 임용시험의 포기나 다름없다. 연우는 머릿속이 어지러웠다. 학습지 일도 버거운데 일인 시위까지 하면 시간이 없다. 그 시간에 남들은 하나라도 더 볼 건데……. 삶의 갈림길에 자신이 놓여 있음을 직감했다. 섣불리 나아갈 수도, 그렇다고 물러설 수도 없는 상황. 그야말로 진퇴양난에 처한 느낌이었다. 연우는 수업을 마치고 무작정 밤거리를 거닐었다. 지금 어디로 향하는지, 목적지도 없이 혼란스러운 감정이 이끄는 대로 걸었다. 밤거리는 술집과 음식점과 모텔의 네온사인으로 가득했다. 주차장을 꽉 매운 자동차들, 그리고 욕망 덩어리의 사람들이 움직이고 있었다. 결국 찾아간 곳은 초등학교 운동장. 운동장은 텅 비고 바닥은 모래가 깔려 있었다. 연우는 차가운 모래밭을 거닐었다. 마치 바닷가 모래사장을 거닐 듯이. 그리고 문득 올려다본 밤하늘. 옥탑에서 보았던 밤하늘이 그곳에도 펼쳐져 있었다. 밤하늘은 어둡고 별이 빛났다. 그중에 눈동자처럼 도드라진 별빛 하나. 연우는 그 별을 보며 운동장을 돌고 또 돌았다.

연우는 손수 피켓을 만들었다. 피켓를 만드는 것은 그리 어렵지 않았다. 시간이 많이 걸려 그렇지 단순했다. 나무쫄대로 프레임을 만들고, 자투리 합판으로 뒤에 대준다. 그리고 전기 타카로 단단하게 박아주면 끝이다. 연우는 자신이 이렇게 피켓을 만들 줄 몰랐다. 더구나 피켓 들고 거리에 서 있게 되리라곤 꿈에도 생각 못했다.

수재교육 본사 건물은 대로변에 위치해 있었다. 지하 2층 지상 15층으로 구성되어 있고, 외관에서부터 세련된 이미지가 느껴졌다. 트렌드하고 디자인틱하게 건축되어 왠지 외국계 기업 같았다. 외벽은 모두 투명 유리로 덮여 있는데, 그래서 자연이 그대로 반사돼 현대적인 이미지를 주면서도 자연과의 조화를 꾀하고 있었다.

  처음에는 건물 출입문에서 일인 시위를 하려고 했다. 거기서 해야 본사 직원들이 확실하게 보고, 뭔가를 느껴 효과가 있으리라 여겼다. 그러나 경계를 서는 보안 요원들이 곧 다가왔다. 그들은 방범 조끼를 입고 허리에 삼단 봉을 차고 있었다. 연우는 일인 시위하는 것을 막지 말라고 했다. 일인 시위는 집회와 시위에 관한 법률의 적용을 받지 않는다는 것을 강조하면서. 그러자 그들은 이곳이 수재교육 소유의 땅이라 했고, 연우를 출입문에서 강제적으로 쫓아냈다.

  할 수 없이 인도로 자리를 옮겼다. 그들은 그곳도 수재교육 땅이라 했다. 그러나 다행히 그곳까지는 막지 않았다. 통행량이 많은 본사 앞이므로 백주 대낮에 일인 시위를 못하게 하면 회사 이미지에 영향을 줄 수 있기 때문이었다. 그러나 그들은 가만히 보고만 있지 않았다. 폰카로 사진을 찍어댔다. 어쩌면 명예 훼손 등의 죄목을 걸어 고소 고발을 할지 몰랐다.

  근로자들의 권리를 지켜줄 수 있는 노조가 없다는 사실에 연우는 문득 안타까움을 느꼈다. 노조가 있긴 하지만, 그것은 회사에서 만든 어용 노조. 만약 교사들로 이루어진 노조가 있다면 이렇게 홀로 투쟁하지 않으리라는 생각이 들었다.

노조가 없고, 또 지국 교사들조차도 외면하는 상황에서 연우 혼자 거대 자본에 맞서는 것은 달걀로 바위치기였다.

연우는 피켓에 신경을 쓴다. 사람들이 잘 볼 수 있게 피켓의 각도 조절이 필요하고, 또 시선을 조절할 필요도 있다. 시선은 맞은편 성형외과 간판을 보는 게 좋을 것 같다. 피켓 문구는 3개다. '20대 여교사가 투신자살하다!' '수재교육은 홍수아 교사를 살려내라!' '수재교육은 사죄하고 보상해라!'

멀리 보이는 전광판에 주요 뉴스들이 지나간다. 우리나라 자살률은 세계 최고 수준이라는 뉴스가 보인다. 10만명 당 자살자가 24.3명이므로 연우도 장차 거기에 포함될 수도 있겠다는 생각을 한다. 연우는 그동안 자살 충동을 느낀 적이 딱 한 번 있다. 대학교 때다. 살다 보면 마음이 심하게 약해지는 시기가 있는데, 그때가 그 시기였던 것 같다.

여동생이 병으로 죽고, 아버지는 일하다 다쳐 장기간 요양 중이셨다. 아르바이트해서 번 돈을 어머니께 드리고, 연우는 산으로 여행을 떠났다. 이른바 자살여행이었다. 집안에 짙은 어둠이 깔린 것이 자살하려는 마음을 갖게 된 주요 원인이었다. 연우는 삶이 갑자기 공허해졌다. 사람이 태어나면 어차피 죽게 마련인데, 먼저 가면 어떤가라는 생각이 들었다. 연우는 산 정상에 올라 절벽 앞에 섰다. 절벽 아래로 떨어지려는 순간 어렵게 가정을 꾸려 가시는 어머니가 떠올랐다. 연우는 이렇게 죽을 용기가 있다면 그 용기로 세상을 살면 어떤 것도 이겨낼 수 있으리라 생각했다.

일인 시위를 하니 여러 생각이 떠오른다. 특히 수아에 대한 것들이. 그동안 겪었을 수아의 남모를 아픔도 느껴진다.

학습지 회사는 가르치는 일도 힘든데 교재 정리에 회원관리, 홍보 활동, 수금 등 많은 노동이 요구된다. 매달 말일 마감을 할 때마다 피 말리는 실적 경쟁을 해야 하며, 월초에 주어지는 실적을 못 채우면 관리자들에게 모욕을 당하고 계약해지를 감수해야 한다. 고소득 프리랜서라 홍보되는 교사들은 실적을 맞추라는 강요에 유령 회원을 만들어 회비를 대신 물고, 회원에게 회비를 받지 못하면 월급에서 자동으로 제한다. 개인사업자라는 허울로, 불합리한 조건을 지워 노동권의 사각지대에서 신음하는 이들이 바로 학습지 교사인 것이다.

출근 시간대가 되자 본사 건물 안으로 직원들과 차들이 들어온다. 직원들은 그냥 지나치지 않고 연우 쪽으로 고개를 돌린다. 관심 있게 피켓을 바라본다. 그러나 시선은 곱지 않다. 저건 뭐야, 하는 시선이고 아침부터 정문 앞에서 뭔 짓이야, 하는 눈빛이다. 그들의 따가운 시선에 위축됐지만 허리를 꼿꼿이 펴며 피켓을 치켜든다.

본사 정문 앞에 있으니, 어떤 종류의 차량에 회사 간부들이 타는지 알 수 있을 것 같다. 간부들이 탄 차는 모두 검은색 세단이고, 디자인도 거의 비슷하다. 그리고 유리창에 짙게 선팅을 해 안이 잘 안 보인다. 그런 게 지나가면 차가 움직이는 대로 몸을 튼다. 그들이 피켓을 잘 볼 수 있게.

거리에서 피켓 들고 있으니, 왠지 발가벗겨진 느낌이다.

몸에 아무것도 걸치지 않은 채 피켓 들고 있다는 이상한 기분에 휩싸인다.

커다란 피켓을 드는 게 조금 힘에 부친다. 거기다가 사람들의 무관심. 누구 하나 가던 길을 멈추고 관심 있게 봐주는 사람이 없다.

사람들이 지나갈 때마다 연우는 여기를 보아 달라고 속으로 외친다. 그러나 엄마 손을 잡고 가는 아이들만 눈길을 줄 뿐이다. 아직도 우리 사회는 내 일이 아닌 남 일에 대해서는 모르쇠로 일관하고 있다. 그것은 얼음보다도 더 차갑다. 그럴수록 이상하게 투쟁 의식이 솟구친다.

13.
어제에 이어 일인 시위를 이어갔다. 오늘은 사람들의 눈빛이 호의적으로 보인다. 휴대폰으로 사진을 담아 가는 사람도 여럿 있다. 그때 30대 남자가 휴대폰을 들고 다짜고짜 사진을 찍는다. 대부분 피켓 내용을 본 다음에 사진을 찍는데 그는 사진부터 찍는다. 바빠서 그런 모양이라고 여겼는데, 왠지 낯이 익은 모습이다. 그러고 보니 어제도 그가 사진을 찍은 것 같다.

연우는 사진 찍는 것에 대해 아무 거부감이 없다. 거부감은커녕 오히려 좋게 생각한다. 사람들이 사진을 찍어 개인 블로그나 트위터, 페이스북 등 SNS를 통해 알려준다면 연우로서는 고마운 일이다. 그러나 왠지 느낌이 좋지 않다. 혹시 본사 직원이 아닌가 했다. 아무래도 자기 상관에게 보고 하고, 또 증거를 확보하기 위해 사진을 찍는 것 같다. 연우는 그를 똑바로 바라본다. 이왕 찍으려면 잘 찍으라는 듯이 그에게 당당히 포즈를 취한다. 역시 짐작이 맞다. 그는 사진을 찍더니 본사 건물 안으로 쏙 들어간다.

연우는 수아의 투신자살을 언론에 알리기로 했다. 신문이든 방송이든 통신사든 상관없이. 그래서 악덕 자본을 망가트리고 싶었다. 수아의 영혼 앞에 무릎 꿇리게 하고 싶었다.

연우는 언론에 직접 전화해 사건의 전말을 전하기도 하고, 밤새워 쓴 사건 일지를 보내기도 했다. 일인 시위하는 모습을 담은 사진과 함께. 그러나 반응이 없었다. 직접 전화한 경우에는 관심을 갖는 듯했으나, 경찰이 우울증 이력으로 개인 문제로 판명한 것을 확인하곤 시큰둥했다.

오늘 역시 날이 춥다. 기온이 낮은 것도 있지만 불어오는 바람이 세차다. 피켓 들고 서 있으면 피켓이 흔들리고, 몸도 바람에 흔들릴 것 같다. 50대로 보이는 아주머니가 다가온다.

"고생이 많네요."

그녀는 쌍화탕 하나를 연우에게 건넨다. 연우는 주머니 속에 넣고 있다가 꺼내 마신다. 흑갈색의 액체가 식도를 타고 내려가자 따뜻한 기운이 뱃속에서 온몸으로 전해진다.

아홉 시가 되자 행인들의 숫자가 줄어든다. 도로에 차들도 막히지 않고 빠르게 달린다. 그때 주머니에 넣어둔 휴대폰에서 진동이 울린다. 길게 울리는 것을 보면 전화가 온 것 같다.

계속되다가 그것은 멈춘다. 그러나 또다시 울린다. 누굴까, 궁금하지만 참고 기다린다. 얼마 후, 진동이 멈춘 다음 연우는 휴대폰 화면을 본다. 발신자는 변 지구장이다.

*

"본사 앞에서 뭘 한 거죠."
교육실에 들어서자 변 지구장은 연우를 쏘아본다.
"무슨 말이죠?"
연우는 모르는 체 한다. 그가 부른 이유를 알지만 태연하게 행동한다.
"본사 앞에서 뭘 했느냐 말이에요."
"시위를 했습니다."
"시위요? 어떤 시위요?"
"일인 시위를 했어요."
"그거 말구요. 시위 내용이 뭐냐 말이에요!"
"고 홍수아 선생님에 대한 시위입니다."
"선생님이 뭔데 그런 시월 해요?"
"그건 내 자유 아닌가요? 하고, 안 하고는······."
"선생님 땜에 지금 어떻게 된 줄 알기나 해요? 나랑 지국장님이 사업국에 불려가 시말서 쓰게 생겼단 말이에요! 그만큼 얘기했으면 말귀를 알아들어야지! 복덩이가 들어왔나 보다 했는데 이건 완전 혹덩이네. 시위 당장 접어요!"
"아니요. 난 계속할 겁니다."
"대체 왜 그래요. 지금 누굴 죽이려고 그래요!"

"죽이긴 누굴 죽입니까. 죽인 건 변 지구장님 아닌가요?"
"뭐라구요?"
"꽃다운 처녀를 죽이셨잖아요."
"대체 누구 사주 받고 이러는 거야, 당신?"
"사람 죽였으면 댓가를 받아야지!"
연우는 싸늘하게 말하며 교육실을 빠져나온다.

14.
책상 앞에 앉아 컴퓨터를 켠다.
바람이 불고, 사람 소리 들리지 않은 조용한 밤이다. 창문 너머 교회탑 십자가가 빨갛게 빛나고 있다.
컴퓨터에 USB를 꽂고, 폴더에 저장 되어 있는 일기를 불러온다. 하얀 화면에 수아의 의식이 무지개처럼 피어오른다.

9월 26일, 일요일
신입입회는 그럭저럭 된다. 문제는 가라 회원이 정리되지 않는다는 거다. 정리되지 않은 가라 회원 수는 누적되어 갔다.
그에 따라 가라비용도 늘어났다. 십만 원에서 삼십만 원, 오십만 원, 그리고 백만 원, 이제 그 이상이 되었다.

11월 17일, 월요일
처음으로 카드를 쓰기 시작했다.
회사에서는 백 프로 입금을 요구한다.
따라서 입금되지 않은 회비까지 내야 한다.

홀드비용에 미납금액까지 내야 하는 상황.

월급으로 충당이 되는 금액이 이제는 되지가 않는다. 카드를 쓸 수밖에 없다.

1월 3일, 월요일

그동안 매달 기본적으로 2개에서 10개까지 가라를 썼다. 거기다가 누적된 가라까지 합하면 전체 가라 회원 수는 생각조차 하기 싫게 너무너무 많다. 월급으로도 충당되지 않아 카드로 긁다 보니 내 자존감은 바닥을 쳤다. 일을 마치면 집에 돌아와 술을 마셨다. 잘 마시지도 못하는 깡소주를. 술을 마셔도 잠은 오지 않는다. 자정이 넘어도 생각이 멈추지 않는다. 새벽녘에야 가까스로 잠이 든다.

3월 21일, 금요일

채무는 점점 늘어났다. 누적 가라 회원 수는 줄어들지 않았다. 어느 순간부터 월급은 카드 돌려막기가 되어 버렸다. 누적된 채무를 빨리 해결하고 싶어 나름 열심히 일하고 있다. 해결 될 것이라는 희망을 난 아직 갖고 있다.

6월 10일, 일요일

누적된 가라 회원. 그리고 매달 새로이 생기는 가라 회원. 지구장은 실적과 돈에 눈이 멀어 퇴회를 받아주지 않는다. 현재 상황을 말하며 힘이 든다고 할 때만 겨우 마지못해 받아준다. 그것도 자기가 정해 놓은 선에서. 그리고 하소연할 때만 가라 회원을 조금 처리해 줘 카드대금은 눈덩이처럼 불어났다. 카드대금이 계속

할부금으로 결제가능액이 줄어들었다. 부족한 카드대금으로 현금 서비스를 받았다.
  결국, 부족한 카드대금 결제를 위해 고금리에 손을 댔다. 비싼 대출 이자와 카드값을 내면서 난 주말에도 쉬지 않고 전단지를 돌렸다.

9월 25일, 금요일
  교육실에서 지구장과 개별 면담을 가졌다. 지구장은 내게 가라를 쓰라고 했다. 난 못 쓴다고 했다. 지금 누적 가라 회원이 얼만데……. 그는 쓰라고 했다. 2지구 실적이 너무 저조하다면서. 못 쓴다고 하자, 그는 주먹으로 책상을 꽝 내리쳤다. 난 울면서 뛰쳐나왔다.

11월 7일, 화요일
  지구장에게 퇴사를 하겠다고 했다. 지구장은 내게 설득을 했다. 가라도 많고 빚도 많으니 일을 열심히 해 그것을 정리해야 되지 않겠느냐고. 지금 관두면 금전적 손실을 떠안게 될 거라는 둥, 가라 회원들을 차차로 다 털어주겠다고도 했다.
  그는 또 말했다. 그만 둔다 해도 인수인계 받을 교사가 없고 또 차례를 기다리려면 최소 육 개월은 있어야 한다고. 난 숨이 딱 막혔다. 이곳은 사람이 죽어나가야 일이 끝나는가 보다 했다. 난 퇴사 의사를 분명하게 밝혔다. 지구장은 어르고 달랬다. 그러다가 안 되니까 내게 협박하기 시작했다. 퇴사하면 손해배상을 청구하겠다고…….

전사가 되다

1.
"여기서 만나는군."

고개를 돌리니, 김경수가 뒤에 서 있다. 그는 새까만 정장 재킷을 걸치고 주머니에 손을 넣고 있다. 머리는 이마가 살짝 보이는 가르마 헤어스타일. 앞머리를 앞으로 내려 애즈한 느낌이 난다.

"오랜만이야."

이런 장면을 예상 못한 것은 아니지만, 실제 벌어지니 당혹스럽다. 같은 회사에 다니고 있지만 김경수와는 급이 다르다. 우선 그는 본사에 근무하는데 비해 연우는 지국에 근무한다. 그는 정규직이고 연우는 비정규직이며, 직위도 달라 연우는 회사에서 직위가 가장 낮은 교사직이지만, 그는 힘 있는 본사 기획팀 대리다.

"우리 어디 가서 얘기 좀 하자."

"보시다시피 지금 시위 중이라서."
"알아. 실은 그 문제 때문에 온 거야."
김경수는 웃음을 거두며 연우를 쳐다본다. 그의 눈빛은 힘이 들어가 있다. 사적인 일이 아닌 공적인 일이라는 듯이. 아니, 회사 상사로서 와 있다는 듯이.
"회사 일로서 왔단 말이니?"
"친구로서 널 찾아온 것도 있어."

김경수를 따라간 곳은 본사 12층에 있는 접견실. 연우는 불안한 마음으로 접견실을 둘러본다. 접견실은 조용하며 들어오는 연한 햇볕이 주위를 밝혀 준다. 밝은 그레이 톤으로 벽면을 페인팅하고 감성적인 그림 액자와 골드케이스 벽조명으로 분위기를 내고 있다.
"본사에 와 본 적 있지?"
테이블에 마주앉자 김경수가 묻는다.
"아니, 처음이야."
"그래. 그럼 앞으로 자주 와. 이런 일로 오는 건 말고······."
김경수는 흰 이를 드러내며 웃는다. 그의 농담에 연우도 따라 웃는다. 그때 노크 소리가 나고 여직원이 차를 가져와 테이블에 내려놓는다.
김경수는 연우가 무슨 일로 본사 앞에서 시위하는지 알고 있었다. 그는 수아의 투신자살에 대해서도 잘 알고 있었다. 그리고 수아에 관한 정보도 갖고 있었다.

"너한테 단도직입적으로 말할게."

김경수는 눈을 크게 뜨고 연우를 바라본다. 그의 눈빛에서 카리스마가 느껴진다.

"시위를 그만 멈췄으면 해!"

"시위를 멈추라고?"

약간 강압적인 어조가 느껴져 연우는 불쾌한 생각이 든다.

"그래. 그만 멈춰."

"이건 너의 뜻이야, 아니면 너의 상사의 뜻인 거야?"

"둘 다야."

"미안하지만 난 시위를 멈출 생각이 없어."

연우는 단호하게 말한다.

"멈추는 게 너한테 좋아."

"멈추지 않는다면?"

"멈추지 않는다면 네가 피해를 입어. 네가 생각한 것보다 훨씬 큰 피해를……. 넌 내 친군데 친구가 피해 입는 걸 보고만 있을 순 없잖아."

"고맙다. 그렇지만 난 일인 시위를 계속해야겠어."

"이러는 이유가 대체 뭐야?"

"수재교육의 뻔뻔한 행태를 방관할 수 없어서……. 사람을 죽여 놓고도 수재교육은 모르는 체하고 있어. 거기다 죽은 사람에게 책임을 전가하고……. 수재교육은 고 홍수아 선생님을 두 번이나 죽였어. 부정업무로 인한 것인데 우울증 때문에 투신자살했다고 거짓 소문을 냈어."

"그게 과연 거짓 소문이었을까. 경찰 조사와 별도로 본사 감사팀에서도 조사를 벌였어. 그 사건에 대해서 말이야."

"조사관들이 회사 입맛에 맞게 조사를 했더군."

"난 감사팀 조사 결과를 믿어. 그리고 당연히 경찰 조사도……."

김경수는 흔들림 없이 말한다.

"본사에 근무해도 넌 다를 거라 생각했는데……."

연우는 김경수가 변했다고 생각한다. 정의감이 넘치고 약자를 보살피던 예전의 김경수가 아니라고.

"너와 죽은 그녀와 친구 사이라고 하던데……."

김경수는 음흉하게 웃는다.

"그 여자 아주 예쁘던데……. 말랐지만 볼륨감 있고 섹시하고……."

김경수는 히죽히죽 웃는다.

"어때? 당연히 그 여자랑 잠자리를 가져봤겠지?"

"그만해둬!"

"좋았니, 안 좋았니?"

"정말 이 자식이……."

연우는 참지 못하고 김경수의 멱살을 잡는다. 김경수는 한 대 치라는 듯이 가만히 있는다. 연우에게 얄궂은 미소까지 지어 보인다. 연우는 멱살을 풀고 접견실을 도망치듯 빠져나온다.

2.

이곳은 오전 7시에서 8시 사이에 사람이 가장 많다. 상권이 밀집된 지역이고, 가까운 곳에 전철역도 위치해 유동인구가 많은 편이다. 사람들의 시선이 연우에게 쏠린다. 무표정한 모습으로 피켓과 얼굴을 훑는다. 바람처럼 오가는데도 창피하고 좀 부끄럽다. 그러나 그 순간 수아를 떠올린다. 수아를 생각하므로서 당당하고 힘이 솟는다.

고개 들어 수재교육 건물을 쳐다본다. 고개를 뒤로 젖혀야만 볼 수 있는 수재교육 건물. 맨몸으로 혼자 맞서 싸우기에는 너무 힘이 센 공룡처럼 여겨진다. 그리고 이런 생각이 든다. 저것은 회장 혼자 힘으로 세운 게 아니라는 것, 수재교육 성공 신화에는 교사들의 피와 땀이 배어 있다는 것.

그때 회장 차로 추측되는 리무진이 사내로 들어간다. 연우는 피켓을 든 채 뛰어간다. 차가 멈추고 얼마 후, 차안에서 회장이 내린다. 회장은 짙은 감색 양복에 연분홍색 넥타이를 차고 있다. 입은 장군처럼 굳게 다물고 있다. 회장이 걸음을 옮기려 할 때, 연우는 외치듯 말한다.

"회장님, 왜 고 홍수아 선생님의 죽음을 모른 체하십니까?"

회장은 연우에게 고개를 돌린다. 피켓을 든 낯선 사람임에도 회장은 매우 침착한 모습이다.

"뭔가, 자네는?"

"난 수재교육 학습지 교삽니다."

"근데?"

"수재교육 학습지 교사가 죽었습니다. 회사의 부정업무와 횡포 때문에 자살했습니다. 왜 책임지지 않으십니까?"

"뭐, 부정업무와 횡포?"

그때 건물 보안 요원들이 다가와 연우를 제지한다. 보안 요원 둘이 양쪽에서 손을 잡아끈다.

"냅둬!"

본사 건물 최상층에 위치한 회장실. 마치 교육실을 옮겨 놓은 듯 널찍하다. 다양한 가구와 손님을 맞을 수 있는 소파와 소파 테이블이 있고, 한쪽에는 커다란 회의 테이블과 컴퓨터와 연결된 디스플레이가 있다. 회장석 뒤편 창문은 통유리로 되어 있으며, 천장에는 샹들리에가 설치돼 우아하고 럭셔리한 분위기가 느껴진다.

"원하는 게 뭐야?"

소파에 앉자 회장은 군 상사처럼 말한다. 자신이 회장임을 분명히 하려는 것 같고, 또 연우를 대놓고 무시하려는 의도 같다. 연우는 밖에서 보는 것과 달리 회장이 아주 거만하다고 여긴다.

"원하는 게 뭐라니요?"

연우는 불쾌하다 못해 화가 치미려고 한다. 회장이 자기 방으로 직접 불러 자못 기대가 컸다. 회장과 마주 앉게 되어 일이 비로소 풀리는가 보다 했다. 수아 사건을 이야기하고 해결책을 논할 것으로 알았다.

"원하는 게 있을 거 아냐. 그걸 말해."

"좋아요. 고 홍수아 선생님의 죽음을 은폐하지 말라는 것입니다. 투신자살 원인이 우울증이 아니라 회사의 부정업무와 횡포 때문임을 솔직히 인정하라는 거예요. 그리고 그녀의 죽음에 대해 진심으로 사과하고 책임자를 처벌하고 또 유족에게 보상을 하십시오."

"근데 자네 문제가 많군그래."

회장은 책상 위에서 서류 하나를 집어 든다. 그리고 그것을 스캔하듯 쭉 훑어본다.

"술 마시고 교실 돌고, 무음 카메라 앱으로 몰카도 찍고……. 자네 변탠가?"

"수재교육은 거짓 소문 제조회산가 보죠?"

연우는 회장을 차갑게 바라본다. 그러나 그는 얼굴에 표정 하나 없다.

"거짓 소문이 사실이 된다는 거 모르나? 거짓이 사실이 되는 세상……."

회장은 연우를 보며 비웃듯이 웃는다.

"자네 같은 건 얼마든지 엮어 집어쳐 넣을 수 있어. 아니면 쥐도 새도 모르게……. 앞으로 잘 생각해서 행동해!"

"지금 날 협박하는 겁니까?"

"자네가 젊어서 하는 말이야. 그만 나가 봐!"

3.

일인 시위는 생각보다 힘들다. 사람들의 차가운 시선이라든지 다리가 아픈 것은 둘째다. 한 자리에서 오랫동안 서 있다 보면 자신이 마치 마네킹 같다는 생각이 든다. 아무 말 없고, 아무런 움직임도 없는 무생물의 마네킹.

그때 생각난 것이 종이 퍼포먼스였다. 종이 퍼포먼스를 통해 사람들의 관심을 모으면 어떨까라는 생각이 들었다.

연우는 피켓 폼보드에 붙은 종이를 뗀다. 피켓 문구가 적힌 붉은색 사이즈의 종이를. 연우는 그것을 북북 찢는다. 허공에 두 손을 들어 올리고서. 지나가던 사람들의 시선이 연우에게로 쏠린다. 가던 길을 멈춘다. 연우는 종이를 갈기갈기 찢는다.

찢은 종이로 바닥에 글자를 쓴다. 사람들이 하나둘씩 모여든다. 사람들은 휴대폰으로 사진과 영상을 찍는다. 연우는 먹물을 찍어 쓰듯 한 자 한 자 정성들여 쓴다. 사람들은 연우의 행위를 신기하게 바라본다. 숨죽인 가운데 셔터 소리만 들려온다. 그리고 마침내 완성된 종이 글자. '좀비들'

4.
종이 퍼포먼스를 휴대폰 카메라에 담은 사람들은 '좀비학습지'라는 해시태그를 달아 사진과 영상을 SNS에 퍼 나른다. 그것은 점점 확산되면서 네티즌들의 큰 관심을 끌었고, 이에 언론도 비로소 주목하기 시작한다.

메이저 언론을 포함한 여러 매체에서 취재 요청이 쇄도한다. 연우는 모든 취재에 일일이 응하고, 기자들에게 수아 사건의 진실을 전한다. 수아의 투신자살은 우울증이 아니라, 관리자들의 부도덕하고 추잡한 갑질과 횡포 때문이라는 것,

그로 인해 많은 유령 회원을 갖게 되고 3천이 넘는 빚을 떠안 게 됐다는 것을. 물론 기자들에게 수아가 쓴 일기도 이야기 한다. 수아가 쓴 일기 일부를 공개하면서.

5.
일인 시위하는 곳에 서정희 교사와 안연숙 교사가 찾아왔 다. 생각지도 않은 방문이어서 연우는 놀랐다. 추운데 고생 한다며 음료와 간식을 내놓는다.
"같이 해주지 못해 미안해요."
안연숙 교사가 말한다.
"아니예요. 이건 일인 시위라 나 혼자 해야 돼요."
"나도 미안해요. 같이 릴레이 시위를 해야 되는데……."
서정희 교사도 미안한 표정을 짓는다.
"선생님이 언론에 알리셨죠?"
안연숙 교사가 눈을 동그랗게 뜨고 묻는다.
"수아에 관한 기사가 인터넷에 떴던데요. 메이저 언론에 도 나고 마이너 언론에도 나고……."
"나도 수아 언니 투신자살에 관한 기사 봤어요."
서정희 교사가 휴대폰으로 검색해 신문에 난 기사 하나를 보여준다. '학습지 교사의 투신자살'이라는 기사 제목으로 수 아 사건에 대해 소개하고 있다. 일인 시위하는 연우 모습을 곁들이면서. 그러나 기사들은 모두 길지 않다. 두서너 줄 단 신으로 기사를 처리했다.
"선생님이 정말 큰일 하신 거예요. 다른 선생님들도 기사

난 거 다 알아요."

"회사에서도 다 봤을 거예요. 아마 타격을 받을 거예요. 회사 이미지를 손상시키는 일이니까."

"방송에도 나왔음 좋겠어요. 사람들이 더 많이 알 수 있게요."

"근데 지국에서 날 감시하는 거 같아요."

서정희 교사가 어두운 얼굴로 입을 연다.

"내가 어딜 가고 누굴 만나는지 뒷조사를 하는 거 같아요. 사무실 가도 지국장과 지구장들이 날 주시하는 느낌이에요. 문제 인물로 보고 이젠 퇴회도 안 받아주더라구요. 이번 달 퇴회가 몇 개 났는데 한 개도 안 받아줘요."

"난 그래도 두 갠 받아주던데……."

안연숙 교사가 서정희 교사를 바라본다.

"선생님에 대한 소문이 더 심해지는 거 같아요."

"내 소문요?"

연우는 눈을 치켜뜬다.

"선생님이 마약 한다는 소문도 돌아요."

"나도 들었어요. 선생님이 마약한다며 가까이 말라고 누가 그러더라구요. 지국에서 선생님을 이제 몰카범에서 마약범으로 몰고 있어요. 정말 파렴치한 자들이에요. 수아에게도 별의별 소문을 내더니……."

연우는 다리가 후들거린다.

"너무 염려 말아요. 소문이 잠잠하면 아무렇지 않은 일이 돼 버리니 그때까지만 참아요."

6.
 수업을 마치고 집으로 향하는데, 누군가 미행하고 있다는 느낌을 받았다. 미행의 낌새는 얼마 전부터 있었다. 집 앞 골목을 걷거나 교실을 돌 때, 갑자기 뒤를 돌아보곤 했다. 그때마다 쏜살같이 사라지는 그림자를 언뜻 보았다. 차를 몰고 갈 때도 미행당하고 있다는 느낌을 받았다. 그래서 속도를 높여 달리고 마트 주차장에 숨기도 했다. 그러나 출발하면 다시 따라 왔다.
 차 한 대가 계속 뒤에 따라붙는다. 검은 차다. 연우는 어서 이곳을 빠져나가야겠다고 생각한다. 속도를 내서 대로변으로 나온다. 룸미러를 보니, 검은 차가 여전히 있다. 차 속력에 맞춰 뒤에서 따라오고 있다.

 사거리에서 신호가 바뀌어 건널목 앞에 멈추었다. 그러자 검은 차가 속도를 내며 달려온다. 이대로라면 충돌하겠구나 싶은데, 뒤에서 그냥 박아 버린다. 펑 소리와 함께 연우 차는 길 가장자리에 부딪치면서 뒤집어진다.
 순식간에 일어난 일이라 놀랄 겨를도 없다. 에어백이 터지고, 무슨 연기도 나서 죽는구나 했다. 정신이 멍한 상태에서 연우는 혼자서 안전벨트를 풀었다. 차 문을 열려고 했으나 열리지 않았다. 창문으로 겨우 탈출했다.
 죽지 않은 게 천만다행이다.

7.
 연우는 지국으로부터 해고 통지서를 받았다. 해고 사유는 공금 횡령이었다. 갑자기 해고를 당한 것도 그런데 해고 사유가 황당했다.

연우는 휴대폰 문자로 온 해고 통지서를 보고 또 보았다. 일인 시위하며 해고당할 각오는 했지만, 이렇게 빨리 현실화 될 줄은 몰랐다.

*

연우는 사무실로 가서 변 지구장에게 면담을 신청했다. 얼마 후 변 지구장이 교육실에 나타났다. 그는 의자에 삐딱하게 다리를 꼬고 앉았다. 그러면서 바쁘다며 할 이야기가 있으면 어서 해보라고 했다. 연우는 숨을 내쉰 다음 그에게 물었다. 자신을 왜, 무엇 때문에 해고시켰는지를.

"해고 통지서 보냈잖아요! 거기에 나와 있는데 뭘 물어."

그는 퉁명스럽게 말한다.

"난 공금 횡령을 한 적이 없어요."

연우는 그를 똑바로 쳐다본다.

"없긴 왜 없어요."

"말해 주세요, 뭔지……."

"지난 달 회원 회비 횡령했잖아요! 회사에 납입해야 할 회비 210,000원을 입금하지 않았으면서……. 회비 받으면 입금 해야지 그걸 빼돌리면 돼요."

"빼돌리다뇨? 그건 내가 바빠 제때 입금 못 한 거였어요. 회비 받아 쓴 게 아니라……. 그리고 회비 받을 집이 더 있어서 같이 입금하려고 했던 거였어요."

"어쨋든 회비를 제때 입금 안 한 건 공금 횡령이에요. 아시겠어요?"

"말도 안 돼요."

"교실 뺄 준비하세요."

"그런 법이 어딨나요?"

"난 법규대로 한 것뿐이에요. 위탁계약서 제12조 제1항 제2호, 제3호에 의해서……."

"당신 정말 나쁜 사람이군!"

연우는 분한 마음에 그를 노려본다.

"뭣이 어째!"

"당신은 아주 더러운 인간이야."

"이 자식이 어디다가……."

"당신은 홍수아 선생님을 죽인 살인마야!"

"이런 미친 새끼가……."

8.

연우는 라디오 시사 프로그램에 전화 인터뷰 섭외를 받았다. 공영적 성격이 강한 매체인 종교 방송사로, 사회적 이슈와 어젠다를 전달하는 지명도 있는 시사 프로그램이었다. 연우는 섭외에 기꺼이 응했다. 더구나 그 시사 프로그램은 뉴스에서 잘 다루지 않는 노동자의 목소리를 담고 있었다.

◇진행자) 청취자 여러분, 안녕하세요. '시사의 창'에 김현주입니다. 오늘 '이슈와 피플'에서는 학습지 교사에 대한 이

야깁니다. 수재교육 학습지 교사인 오연우씨는 현재 회사 앞에서 일인 시위를 하고 있습니다. '이슈와 피플'에서는 그의 일인 시위에 대해 이야기 나누어 보도록 하겠습니다. 오연우 교사, 연결이 돼 있습니다. 안녕하세요?

◆오연우〉 네, 안녕하세요.

○진행자〉 먼저 수재교육은 어떤 회사인지 말씀해 주시겠어요?

◆오연우〉 수재교육은 방문형 학습지 회사로, 동종 업계 최단기간 성장을 달성한 우량 기업입니다. 교육회사로서 아이들에 대한 큰사랑을 표방하고 있으며, 전 과목 학습지 '척척'은 국내 최고 브랜드 인지도를 자랑하고 있습니다.

○진행자〉 그렇군요. 오연우 교사는 현재 본사 앞에서 일인 시위를 하고 있죠? 그 이유가 뭡니까?"

◆오연우〉 그것은 동료이자 친구인 여교사가 투신자살을 했기 때문입니다. 그러나 회사는 모르는 체 하고 있습니다. 죽음에 대해 아무런 책임을 지지 않으며 위로금이나 보상금 한푼 지불하지 않고 있습니다. 죽은 것도 억울한데 거기에 누명까지 씌웠습니다.

◇진행자〉 투신자살한 분이 고 홍수아 교사시죠?

◆오연우〉 네, 그렇습니다.

◇진행자〉 방금 누명을 씌웠다고 했는데 어떤 걸 말하는 건가요?

◆오연우〉 홍수아 교사는 회사의 부정업무 때문에 사망한 건데 회사는 우울증으로 투신자살한 걸로 주장합니다. 홍수아 교사는 200여 과목을 관리했지만 실제 수업한 건 50여 개 과목뿐이고 나머지는 모두 유령 회원 수업 과목이었어요. 무려 150여 과목이 말이에요. 이건 인수인계 과정에서 밝혀진 팩트입니다. 결국 회사의 무리한 실적 강요에 홍수아 교사는 자신의 돈으로 가라대납비용을 부담했던 거고 나중엔 채무가 늘어나 카드를 쓰고 그것도 안 돼 고금리에 손을 댔습니다. 이것이 홍수아 교사가 투신자살을 한 원인입니다.

◇진행자〉 그런데 고 홍수아 교사가 우울증을 앓았다는 건 사실 아닌가요? 그건 사측의 일방적인 주장이 아니라 실제로 경찰 조사에서 밝혀진 게 아닌가요? 그래서 경찰이 그것을 근거로 이 사건을 개인 문제로 판명했던 거고······."

◆오연우〉 홍수아 교사가 우울증을 겪은 건 맞습니다. 불행한 가정사로 인해 우울증을 앓았지요. 하지만 그건 오년

전의 일입니다. 그때 치료 받아 다 나았습니다. 그뒤로는 약을 안 먹고 아무렇지 않았습니다.

◇진행자〉 그게 사망 무렵이 아니라 오년 전 상황이란 말씀이군요.

◆오연우〉 맞습니다.

◇진행자〉 그럼 평소 관리자의 갑질이나 횡포 같은 게 있었겠네요.

◆오연우〉 네. 월초에 주어지는 실적을 못 채우면 지구장에게 모욕을 당했습니다. 실적을 맞추라는 강요에 유령 회원을 만들어 회비를 대신 물고 회원에게 회비를 받지 못하면 월급에서 자동으로 제하고. 죽기 전날에도 홍수아 교사는 울었습니다. 무엇 때문인지 정확히는 모르지만 지국 교육실에서 울면서 뛰쳐나왔습니다. 거기엔 2지구 변 지구장이 있었습니다. 그는 홍수아 교사의 윗 상사죠.

◇진행자〉 이번 사건으로 사측과 접촉한 적이 있으세요?

◆오연우〉 네. 사업국장과 면담을 가졌었고 본사 기획팀 직원도 만났습니다. 그리고 수재교육 회장과도 만남을 가졌습니다.

◇진행자〉 성과가 있었나요?

◆오연우〉 아니요. 그들은 하나 같이 회사의 부정업무와 횡포에 대해선 입을 다물고 홍수아 교사의 우울증 이야기만 늘어놓았습니다. 그리고 회장은 저에게 협박까지 했습니다. 거짓이 사실이 되는 세상이라며 쥐도 새도 모르게 없앨 수 있다고…….

◇진행자〉 수재교육과 홀로 싸우고 계시는데 사측에 대한 요구사항이 뭔가요?

◆오연우〉 홍수아 교사의 사인에 대한 명확한 해명과 관리자들에 대한 조사와 처벌입니다. 그리고 회사 측의 공식적인 사과를 요구하며 또한 유족에 대한 보상 등을 요구합니다.

◇진행자〉 현재 오연우 교사는 해고를 당하셨죠?

◆오연우〉 공금 횡령이라는 말도 안 되는 이유로 본인을 해고시켰습니다. 회원의 회비를 부득이하게 갖고 있었는데 공금 횡령이라며 짤랐습니다.

◇진행자〉 앞으로 계획에 대해 짧게 한 마디 부탁드립니다.

◆오연우〉 저는 이제 전사가 되겠습니다. 악덕 자본과 아니, 세상의 좀비들과 싸우는 용감한 전사가 되겠습니다.

◇진행자〉 여기까지 듣겠습니다. 오늘 인터뷰에 응해 주셔서 감사합니다.

◆오연우〉 네, 감사합니다.

도시에 버려지다

1.

한적한 뒷골목 주차된 차에 다가왔을 때다. 갑자기 누군가 저기요, 하며 부르는 소리가 들려 뒤를 돌아보니 낯선 사내들이 다가온다. 모두 검은색 상의를 입고 모자를 쓴 사람들이다. 한 사내가 말 좀 묻겠는데요, 하더니 갑자기 쇠파이프를 휘두른다. 이어 나머지 세 명도 가세하여 목검을 휘두른다. 연우는 피할 겨를도 없이 폭력을 고스란히 당하고 만다. 무차별 집단 폭행을 가한 다음 그들은 청테이프로 연우의 눈과 입을 가리고 밧줄로 손과 발을 묶어 차량 트렁크에 태운다.

트렁크 안은 어둠이 가득 차 있다. 한 치 앞도 볼 수 없다. 연우는 낮게 신음을 토한다. 몸이 퉁퉁 붓고 피멍이 든 것 같다. 트렁크 공간은 좁다. 높이도 낮아 편한 자세를 잡기 어렵다. 냄새가 난다. 알 수 없는 냄새가 트렁크 안으로 흘러들어 온다. 소리도 들려온다. 여러 소리와 함께 노면에서 올라오는 소리가 생생하다.

연우는 탈출하기 위해 발버둥을 친다. 하지만 결박당해 힘을 쓸 수가 없다. 설사 밧줄을 푼다 해도 연식이 오래되어 안에 레버가 없다. 외부에서 누가 열어주지 않는 이상 밖으로 나갈 수 없는 상황이다. 차가 과속 방지 턱을 넘자 속이 울렁거린다. 앞바퀴에 한 번, 뒷바퀴에서 또 한 번 트렁크 천장에 머리를 부딪친다.

2.

연우가 납치되어 간 곳은 지하 창고다. 낮인데도 창고 안은 어둠침침하다. "여기가 어딘 줄 알아? 여긴 지옥 방이야. 여기서 한 번 제대로 체험해 봐!" 그들은 연우의 옷을 벗긴다. 저항하자 그들은 목에 회칼을 들이대며, 저항하면 이 자리에서 죽여버리겠다고 위협한다. 그들은 팬티까지 다 벗기곤 연우의 알몸을 촬영한다. 수치심을 더욱 불러일으키기 위해 성기도 찍는다.

그들은 알몸인 연우를 의자에 앉힌다. 그리고 의자 뒤로 손목을 젖혀 수갑을 채운다. 연우는 입술을 깨문다. 이상하게 저항력이 상실되는 느낌이다.

"야, 이 거지 새꺄. 회사 앞에서 또 시위할래?"

팔에 문신을 한 사내가 연우 곁으로 다가온다.

"또 방송 출현해서 주댕이 나불거릴래?"

도시에 버려지다

연우가 눈을 감자, 그는 라이터로 연우의 팔을 지진다. 살이 타는 냄새가 난다.

그들은 연우에게 서약서를 쓰라고 한다. 일인 시위는 물론 앞으로 수재교육에 해가 되는 어떤 행위도 하지 않겠다는 서약서다. 연우가 가만히 있자 주먹을 날린다. 코피가 왈칵 쏟아진다.

그들이 펄펄 끓는 물을 몸에 부었을 때, 연우는 서약서를 썼다. 그들이 준비해 온 내용을 자필로 그대로 옮겨 적었다. 하지만 그게 끝이 아니었다. 이번에는 진술서를 강요했다. 수아가 투신자살한 것은 우울증 때문이라는, 투신자살할 무렵에는 우울증이 더 심했다는 진술서를.

반응이 없자, 목이 굵은 사내가 라이터로 연우의 머리카락을 태운다. 머리카락은 순식간에 타들어가 머리에 화상을 입힌다. 그들은 소변을 가져와 마시게 한다. 연우가 고개를 돌리자, 억지로 입을 벌려 넣는다. 그들은 연우에게 협박한다. 진술서를 쓰지 않으면, 다리를 병신 만들어 앵벌이를 시키겠다고. 하지만 연우는 저항한다.

"이런 씨팔 새끼가……."

이번에는 얼굴에 칼자국 흉터 있는 사내가 미용 가위로 연우의 허벅지를 찌른다. 검붉은 피가 솟아 나와 번진다. 연우는 다짐한다. 그것만은 굴복하지 않겠다고, 사지가 잘린다 해도 결코 응하지 않겠노라고.

"쓸 거야, 안 쓸 거야?"

연우는 고통스러운 얼굴로 고개를 젓는다.

"이 새끼가 그래도……."

그는 유리병을 깨서 연우의 등에 내리찍는다. 다시 피가 솟구치며 밑으로 줄줄 흘러내린다. 연우는 문득 좀비 영화가 떠오른다. 그리고 저들이 좀비가 아닐까 생각한다. 돈과 권력이라는 바이러스에 걸린 좀비들. 좀비들에게 감염되기 전에 죽자. 차라리 죽음을 택하자. 그들은 양동이를 연우 앞에 갖다 놓는다. 양동이에는 물이 가득하다. 그들은 연우의 머리를 그곳에 집어넣는다. 뺐다가 다시 넣기를 수차례 반복한다.

"이 새꺄, 쓸 거지?"

머리끄덩이를 위로 잡아 올린다. 연우의 고개가 축 늘어지자 전기충격기로 등을 찌른다.

"이 새꺄, 눈 떠!"

다시 전기충격기를 가한다.

3.

좀비들은 마침내 차를 타고 달아난다. 그리고 차량을 도시 아무 데나 버린다. 트렁크에 든 연우와 함께. ⟨끝⟩

간접고용과 중간착취, 그 디스토피아와
좀비들의 묵시록

고 명 철
문학평론가, 광운대 교수

1.

한국문학사에서 노동문학이 한국 민주주의와 함께 논의되고 그 문학적 실천에 혼신의 힘을 쏟았던 적이 있었다. 노동해방과 인간해방이 한국 민주주의의 당당한 사회적 과제였던 적이 있었다. 그래서 노동 현실의 구조적 억압과 모순에 온몸으로 저항하는 문학적 실천을 펼친 적이 있었다. 노동자와 함께 노동의 열악한 현실에 작가들이 하방下放하여, (비록 지식인의 시선이란 한계가 있지만) 노동 현실의 구조악構造惡과 행태악行態惡에 저항함으로써 노동해방의 전망을 모색하는 일이 한국 민주주의를 성숙시키고 뿌리내리는 문학의 숭고성을 벼린 적이 있었다. 물론, 그렇다고 지금, 이곳에서 예의 노동문학이 아예 자취를 감췄다고 섣불리 예단하는 것은 노동문학의 면면한 흐름에 도통 관심을 갖지 않았음을 말한다. 분명, 노동문학의 붐을 이뤘던 때에 비해 그 문학적 치열

성과 사회적 관심도가 현저히 줄어든 것은 사실이되, 급변한 노동 현실 속에서 또 다른 열악한 노동 환경에 내몰린 노동자들의 삶과 사회적 문제점을 다루고 있는 소설이 씌어지고 있다.

2.
이와 관련하여, 방서현의 장편소설 『좀비 시대』는 신자유주의 경제 질서 아래 급속도로 진행되고 있는 새로운 고용 구조 속에서 엄습하는 새로운 유형의 노동 착취에 따른 노동의 구조악과 행태악을 여실히 드러낸다. 이것은 지난 시절 노동문학에서 존재하지 않았던, 말 그대로 새로운 유형의 노동 억압으로 부각되고 있는데, 우리가 한층 유념해야 할 것은 이 새로운 유형의 노동 억압이 합법적 테두리 안에서 너무나 자연스레 일어나고 있다는 점이다. 이것은 최근 사회노동계의 현안으로 급부상되고 있는 '간접고용', '중간착취', '삼각 고용'의 문제와 직결된다. 『좀비 시대』는 우리 시대의 바로 이러한 노동의 적나라한 문제를 예각적으로 파헤치고 있는바, 비록 장편소설의 형식을 띠고 있지만, 작금 교육사업의 경제활동을 통한 학습지 시장에서 버젓이 일어나고 있는 중간착취의 노동 억압에 대한 현장보고서라 해도 손색이 없겠다.

작중인물 연우는 국어 교사 임용고시를 준비하는 과정에서 경제적 어려움과 교육 경험을 쌓기 위해 방문형 학습지 회사로 국내 최고 브랜드 인지도를 표방하는 '수재교육'의 학습지 교사로 채용된다. 학습지 교사의 직업상 일의 성격 때문인지 대부분 여성인데 비해 연우는 남성으로서 이 직종에서 성별 희소성의 비교 우위 가치를 가진 양 회사 간부의 관심을 받는다. 하지만 연우에 대한 이러한 관심은 신기루에 불과한 것으로, 연우는 그가 일하고 있는 '수재교육'의 실상을 알아가면서 '간접고용' 및 '중간착취'의 노동 억압을 온몸으로 체감하게 된다.

연우는 이곳에 들어온 것이 후회되기 시작한다. 명색이 그래도 교육 회사인데, 아이들 교육보다는 영업의 비중이 크다. 회원 관리에 초점을 두고, 회원의 학습 능력이 향상되도록 관리를 해주는 게 우선시 되어야함에도, 아이들 하나하나에 금액이 매겨져 영업에 열을 올린다. 거기다 회사는 교사들로부터 너무 많이 가져가고, 재주는 곰이 부리고 이익은 주인이 다 가져가는 구조이다. 오른 최저임금으로 피자집 알바만해도 백오십이 넘는데 급여가 겨우 백이라니, 심신이 피폐해지면서 말이다. 그것도 이것저것 빼고 나면 손에 쥐는 게 없다. 따지고 보면 무급 봉사나 다름 없다.

연차가 쌓이면 급여가 좀 낫다고 하지만 믿을 수가 없다. 수수료 체계니 뭐니 하면서 시스템은 완벽해 보이나 그게 교사들 돈을 갈취하는 수법이다. 휴회가 나도 휴회를 안 받아주고……. 유령 회원 올리고, 그 돈은 자기가 월급에서 메꾸고……. 교사가 돈 내고 회사에 다니는 체제라, 결국 오너 배만 불린다.

우선, 우리가 주목해야 할 것은 연우의 고용 형태다. 연우가 입사한 회사는 '수재교육'이 분명하므로, '수재교육'에 직접 고용된 노동자로서 '수재교육'과 직접 고용을 맺는 계약서를 작성해야 함에도 불구하고 '수재교육'은 연우와 '위탁사업계약서'를 맺는다. 그리하여 이후 연우는 '수재교육'에 "고용된 사원이 아니라, 독립된 지위를 갖고 갑이 위탁한 회원의 관리 활동 및 모집에 따라 수수료를 지급받는 자유직업 소득자"로서, 때문에 "근로기준법에 적용을 받을 수 없는 비노동자"로서 "노동자에게 주어지는 모든 보장과 혜택이 차단"되는 것이다. 연우의 이러한 고용 형태가 바로 '간접고용'이다. 그래서 연우는 이러한 고용 구조 속에서 방문형 학습지 교사 활동을 하며 그가 회사에서 일하는 부서가 "교육사업을 하는 교육국이 아닌 보험회사나 다단계 업체"처럼 이윤의 극대화를 최우선 목적으로 삼는 일반 회사와 다를 바 없다는 것을 알게 된다. 심지어 연우는 자신과 같은 학습지 교사들이 예의 고용 노동 구조 속에서 이렇다할 교육 활동은커녕 '수재교육'과 맺은 '위탁사업계약서'로 인해 흡사 노예 노동으로 전락해 가고 있다는 지옥의 현실에 눈을 뜨게 된다. 회사에서 정한 10분 수업 시간을 엄수하면서, 그 제한된 10분 안에 학생들의 학업 성취를 진단하고 교과 내용의 핵심을 설명하고 무엇보다 회원이 탈퇴하지 않도록 회원 관리에 온 신경을 써야하는 것은 연우가 자각하듯, 회사가 교육사업에 본뜻을 두는 게 아니라 이것을 명분 삼아 회원 관리에 따른 경제적 이윤을 최우선 목적으로 하는 경제활동에만 집착을 하고 있음을 말해준다. 더욱이 이 경제활동이 끔직한 것은 많은 회원을 모집하고 관리하는 데 정작 비중을 두는 가운데 '위탁사업계약서'의 구조적 병폐가 고스란히 학습지 교사에게 전가됨으로써 학습지 교사는 막대한 경제적 손실뿐만 아니라 회사와 회원 간의 관계 속에서 심각한 정신적 피폐함을 감내할 수밖에 없다는 사실이다.

3.
이처럼 연우와 같은 학습지 교사가 겪는 지옥의 현실은 연우의 친구 동료 학습지 교사인 수아의 죽음으로 표면화된다. 연우보다 장기간 학습지 교사로서 노동을 착취당한 수아는 더 이상 버틸 수 없는 삶의 극한에서 죽음을 선택한 것이다. 수아의 이러한 노동 착취에 따른 삶의 고통은 "수아의 혼이 깃든 파편"의 USB 메모리에 저장된 일기에서 아주 구체적 실감으로 드러난다. 그렇다. 수아의 일기는 학습지 교사 개인의 참담한 일상의 기록을 넘어 학습지 교사로서 간접고용의 새로운 노동 억압을 겪고 있는 21세기 노동자의 노동 및 인권 탄압에 대한 증언의 가치를 갖는다. 수아의 일기 몇 대목을 읽어보자.

> 누적된 가라 회원. 그리고 매달 새로이 생기는 가라 회원. 지구장은 실적과 돈에 눈이 멀어 퇴회를 받아주지 않는다. 현재 상황을 말하며 힘이 든다고 할 때만 겨우 마지못해 받아준다. 그것도 자기가 정해 놓은 선에서. 그리고 하소연할 때만 가라 회원을 조금 처리해 줘 카드대금은 눈덩이처럼 불어났다. 카드대금이 계속 할부

금으로 결제가능액이 줄어들었다. 부족한 카드대금으로 현금 서비스를 받았다.

결국, 부족한 카드대금 결제를 위해 고금리에 손을 댔다. 비싼 대출 이자와 카드값을 내면서 난 주말에도 쉬지 않고 전단지를 돌렸다.

지구장에게 퇴사를 하겠다고 했다. 지구장은 내게 설득을 했다. 가라도 많고 빚도 많으니 일을 열심히 해 그것을 정리해야 되지 않겠냐고. 지금 관두면 금전적 손실을 떠안게 될 거라는 둥, 가라 회원들을 차차로 다 털어주겠다고도 했다.

그는 또 말했다. 그만 둔다 해도 인수인계 받을 교사가 없고 또 차례를 기다리려면 최소 육 개월은 있어야 한다고. 난 숨이 딱 막혔다. 이곳은 사람이 죽어나가야 일이 끝나는가 보다 했다. 난 퇴사 의사를 분명하게 밝혔다. 지구장은 어르고 달랬다. 그러다가 안 되니까 내게 협박하기 시작했다. 퇴사하면 손해배상을 청구하겠다고······.

수아의 일기를 보면, 간접고용이 결국 노동자를 고용한 회사의 이익을 최우선 목적으로 하는 가운데 수아와 같은 노동자의 몸과 마음을 극도로 피폐화시키는 것도 모자라 죽음으로 내몰고 있다는 것을 뚜렷이 알 수 있다. 우리가 간과해서 안 되는 것은, 수아가 이러한 지옥의 노동 현실에서 벗어나기 위해 퇴사 의사를 밝혔음에도 불구하고 회사는 그럴 수 없도록 회사와 수아가 맺은 합법적 테두리 안의 간접고용의 계약 관계를 올가미 삼아 마치 노예와 다를 바 없는 노동 착취를 가하고 있다는 점이다.

그런데, 『좀비 시대』의 예리한 비판은 여기에 머무르지 않는다. 수아의 죽음이 표면상 '수재교육'과 수아의 관계로만 국한되는 것처럼 보이지만, 정작 눈여겨봐야 할 것은 보다 음험한 구조적 병폐가 '수재교육'의 모그룹의 경제적 권력에 의해 생겨난다는 점이다. 왜냐하면 '수재교육'의 모그룹 '수재그룹'이 '수재교육'에서 축적한 자본을 건설 분야에 투자함으로써 "학습지와는 또 다른 큰 수익이 발생하"고, 그래서 그룹은 "그동안 학습지에서 번 돈으로 문어발식 기업 확장에 심혈을 기울"여온 터에, 수아의 죽음으로 인해 '수재교육' 경영에 문제가 생김으로써 그룹 경영의 문제로 이어질 것을 원천 차단하려고 하기 때문이다. 여기서, 다시 한 번 '간접고용'의 실상을 짚어볼 수 있다. 그러니까 '수재그룹'(모그룹)-'수재교육'(계열사)-'학습지 교사'(노동자)는 '삼각 고용'을 맺고 있으며, 학습지 교사는 '수재교육'과 '간접고용' 형태의 '위탁근로계약'을 맺음으로써 앞서 연우와 수아에게서 살펴봤듯이, 그들은 계열사로부터 노동의 '중간착취'를 감내하고 있는 것이다. 그래서 연우는 수아의 죽음이 이 같은 고용 형태와 결코 무관하지 않기 때문에 모그룹에 대해 도의적 및 법적 책임을 준열히 묻는 대여론 투쟁을 펼친다. 이 투쟁 속에서 연우는 지금까지 둔감하거나 외면하거나 무지했던 이러한 간접고용의 실상에 눈을 뜨면서, 흡사 현대판 노예 노동으로 전락해가고 있는 신자유주의 경제 질서에 대한 모종의 사회적 계몽을 실천한다고 해도 과언이 아니다.

『좀비 시대』를 읽는 것은 그러므로 좁게는 학습지 교사가 겪고 있는 부당한 노동의 처우와 지옥의 현실에 대한 사회적 고발이면서, 넓게는 21세기 새로운 노동 고용의 형태로 팽배해지고 있는 간접고용 아래 중간착취의 엄혹한 노동 억압을 겪고 있는 노동자의 현실에 대한 증언을 경청하고 이에 대한 투쟁에 동참하는 사회적 실천이다.

4.

그런데 정작 우리의 현실은 어떤가. 정재계의 기득권은 이 같은 간접고용 노동자가 겪는 중간착취의 위험도가 그 경계를 이미 넘어 관련 노동자의 생죽음을 목도하고 있지만, 그 죽음을 노동자 개인의 탓으로 전가하면서 그들의 이해관계에만 충실할 뿐이다. 그래서일까. 이 소설의 말미에 보이는, 쉽게 추정컨대, '수재그룹'의 정상적(?) 경제활동을 유지하기 위해 고용된 폭력세력은 시위를 하는 연우를 강제 납치하여 연우의 대여론 투쟁의 의지를 무력화시키려는 온갖 반인간적 고문을 자행하더니 급기야 연우의 목숨을 빼앗고 그 시신을 실은 "차량을 도시 아무 데나 버린다." 연우는 그렇게 "돈과 권력이라는 바이러스에 걸린 좀비들"에게 무참한 죽음을 당한다.

이렇듯이 소설의 결말은 매우 비관적이고 충격적이다. 그만큼 한국사회, 아니 신자유주의 경제 질서에 구속돼 있는 자본주의 세계체제는 자본추구의 과정이 곧 사회경제적 권력 추구의 과정이고, 그래서 이윤을 극대화하는 과정이 빚는 반인권적 바이러스가 우리의 일상 곳곳에 퍼지는 위험 경고음에 둔감하다. 아니, 어쩌면 이 위험 경고음이 들리는 것 자체가 귀찮은지 모른다. 하지만 없으면 어딘지 허전한 채 숱한 잡음들 중 하나로서 이것을 일종의 사회적 소음으로 간주하는지 모른다. 그렇다면, 이것이야말로 지금, 이곳에서 개시되고 있는 디스토피아이며 좀비들이 판치는 묵시록의 현실이 아니고 무엇인가. 『좀비 시대』가 말미에 던지는 몹시 불편하면서도 래디컬한 이 물음이야말로 산문정신으로서 소설의 존재 이유를 증명해 준다.